人間詞話校注

王國維／著
徐調孚、周振甫／注
王仲聞／校訂

大家講堂

學術・民國選書

五南圖書出版公司 印行

學識之法門・智慧之淵藪

——序五南「大家講堂」

曾永義

五南圖書陸續推出一套叢書叫「大家講堂」。這裡的「大家」，固然不是舊時指稱高門貴族的「大戶人家」，也不是用來尊稱漢代才女班昭「曹大家」的「大家」；但也包含兩層意義：一是指學藝專精，歷久彌著，影響廣遠的人物，如古之「唐宋八大家」，今之文學、史學、藝術、科學、哲學等等之「大家」或「大師」；二是泛指衆人，有如「大夥兒」。而這裡的「講堂」，雖然還是一般「講學廳堂」的意思，只是它已改變了實質的形式，既沒有講席，也沒有聽席；因爲這講席上的大師已經化身在書本之中，只要你打開書本，大師馬上就浮現在你眼前，對你循循善誘；而你自然的也好像坐在聽席上，悠悠然受其教誨一般。

於是這樣的講堂，便可以隨著你無遠弗屆，無時不達。只要你有心向學，便可以隨時隨地學習，受益無量。而由於這樣的「講學廳堂」是由諸多各界大師所主持的講席，是大夥兒都可以入坐的聽席，所以是名副其實的「大家講堂」。

長年以來，我對於五南出版公司創辦人兼發行人楊榮川先生甚為佩服。他行年已及耄耋，猶以學術文化出版界老兵自居，認為傳播知識、提升文化是他矢志的天職。他憂慮網路資訊，擾亂人心，佔據人們學識、智慧、性靈的生活。使往日書香繚繞的社會，呈現一片紛亂擾攘的空虛。於是他親自策畫「經典名著文庫」，聘請三十位學界菁英擔任評議，自民國一〇七年，迄今已出版一一〇種。他卻發現所收錄之經典大多數係屬西方，作為五千年的文化中國，卻只有孔孟老莊哲學十數種而已，實屬缺憾，為此他油然又興起淑世之心，要廣設「大家講堂」，再度興起人們「閱讀大師」的脾胃，進而品會大師優異學識的法門，探索大師智慧的無盡藏。潛移默化的，砥礪切磋的，再度鮮活我們國民的品質，弘揚我們文化的光輝。

我也非常了解何以榮川先生要策畫推出「大家講堂」來遂他淑世之心的動

機和緣故。我們都知道，被公認的大家或大師，必是文化耆宿、學術碩彥。他們著作中的見解，必是薈萃自己畢生的眞知卓見，或言人所未嘗言，或發人所未嘗發；任何人只要沾溉其餘瀝，便有如醍醐灌頂，頓時了悟；而何況含茹其英華！或謂大師博學深奧，非凡夫俗子所能領略，又如何能夠沾其餘瀝、茹其英華？是又不然，凡稱大家大師者，必先有其艱辛之學術歷程，而爲創發之學說，而爲建構之律則；但大師之學養必能將其象牙塔之成果，融會貫通，轉化爲大衆能了解明白之語言例證，使人如坐春風，趣味橫生。

譬如王國維對於戲曲，先剖析其構成爲九個單元，逐一深入探討，再綜合菁華要義，結撰爲人人能閱讀的《宋元戲曲史》，使戲曲從此跨詩詞之地位而躐之，躋入大學與學術殿堂。魯迅和鄭振鐸也一樣，分別就小說和俗文學作全面的觀照和個別的鑽研，從而條貫其縱剖面、組織其橫剖面，成就其《中國小說史略》、《中國俗文學史》，使古來中國之所謂「文學」，頓開廣度和活色。又如胡適先生《中國古代哲學史大綱》，誠如蔡元培在爲他寫的〈序〉中所言，他能夠先解決先秦諸子材料眞僞的問題。又能依傍西洋人哲學史梳理統緒的形式；

因而在他的書裡，才能呈現出「證明的方法」、「扼要的手段」、「平等的眼光」、「系統的研究」等四種特長，要言不繁的導引我們進入中國古代哲學的苑囿，聆賞先秦諸子的大智大慧。

也因此榮川先生的「大家講堂」一方面要彌補其「經典名著文庫」的不足，便以收錄一九四九年以前國學大師之著作為主。凡其核心之學術代表著作，既為畢生研究之精粹，固在收錄之列；而其具有普世之意義與價值，經由大師將其精粹轉化為深入淺出之篇章者，其實更切合「大家講堂」之名實與要義，尤為本叢書所要訪求。

記得我在上世紀八〇年代，也已經感受到「學術通俗化、反哺社會」的意義和重要，曾以此為題，在《聯副》著文發表，並且身體力行，將自己在戲曲研究之心得，轉化其形式而為文建會製作之「民間劇場」，使之再現宋元「瓦舍勾欄」之樣貌，並據此規畫「民俗技藝園」（今之宜蘭傳統藝術中心），作為維護薪傳民俗技藝之場所，並藉由展演帶動社會及各級學校重視民俗技藝之熱潮，乃又進一步以「民俗技藝」作文化輸出，巡迴演出於歐美亞非中美澳洲列國，可以說是一個很成功的例證。近年我的摯友許進雄教授，他是世界甲骨學名家，其學術根柢之深厚、成就之豐碩無須多言，他同樣體悟到有如「大家講堂」的旨趣；乃以通俗的筆墨，寫出了《字字有來頭》七冊和《漢字與文物的故事》四冊，頓時成爲兩岸極暢銷之書。其《字字有來頭》還要出版韓文翻譯本。

已經逐步推出的「大家講堂」，主編蘇美嬌小姐說，爲了考量叢書在中華學識和文化上的意義和價值，因此其出版範圍先以「國學」，亦即以中國文史哲爲限。而以作者逝世超過三十年以上之著作爲優先。而在這裡我要強調的是：「大家」或「大師」的鑑定務須謹嚴；其著作最好是多方訪求，融會學術菁華再予以通俗化的篇章。如此才能眞正而容易的使「大家」或「大師」在他主持的「大家講堂」上，如「隨風潛入夜，潤物細無聲」的春雨那樣，普遍的使得那熱愛而追求學識的一大夥人，都能領略其要義而津津有味。而那一大夥人也像蜜蜂經歷繁花香蕊一般，細細的成就，釀成自家學識法門的蜜汁；而久而久之，許許多多大家或大師的智慧，也將由於那一大夥人不斷的探索汲取，而使之個個成就爲一己的智慧淵藪。我想這應當更合乎策畫出版「大家講堂」的遠猷鴻圖。

榮川先生同時還策畫出版「古釋今繹系列」和「中華文化素養書」做爲「大家講堂」的姐妹編，爲此使我更加感佩他堅守做爲「出版界老兵」的淑世之心。

序於台北森觀寓所

二〇二〇年元月二十九日晨

目錄

人間詞話

一 詞以境界爲最上 002
二 有造境 002
三 有有我之境 003
四 無我之境 004
五 自然中之物 005
六 境非獨謂景物也 005
七 紅杏枝頭春意鬧 006
八 境界有大小 007

九 嚴滄浪《詩話》謂 008
一〇 太白純以氣象勝 009
一一 張皋文謂飛卿之詞 010
一二 「畫屏金鷓鴣」 011
一三 南唐中主詞 012
一四 溫飛卿之詞 013
一五 詞至李後主而眼界始大 014
一六 詞人者，不失其赤子之心者也 015
一七 客觀之詩人 015
一八 尼采謂 016
一九 馮正中詞雖不失五代風格 017
二〇 正中詞 018
二一 歐九〈浣溪沙〉詞 020

二二 梅聖俞〈蘇幕遮〉詞 021
二三 人知和靖〈點絳唇〉 023
二四 《詩・蒹葭》一篇 025
二五 「我瞻四方，蹙蹙靡所騁。」 026
二六 古今之成大事業 027
二七 永叔 028
二八 馮夢華 029
二九 少游詞境最為凄婉 029
三〇 「風雨如晦，雞鳴不已。」 030
三一 昭明太子稱：陶淵明詩 031
三二 詞之雅鄭 031
三三 美成深遠之致 032
三四 詞忌用替代字 033

三五 沈伯時《樂府指迷》云 035
三六 美成〈青玉案〉詞 036
三七 東坡〈水龍吟〉 038
三八 詠物之詞 039
三九 白石寫景之作 041
四〇 問「隔」與「不隔」之別 043
四一 生年不滿百 045
四二 古今詞人格調之高 046
四三 南宋詞人 047
四四 東坡之詞曠 047
四五 讀東坡、稼軒詞 048
四六 蘇、辛，詞中之狂 048
四七 稼軒中秋飲酒達旦 049

050 四八 周介存謂
051 四九 介存謂
052 五〇 夢窗之詞
053 五一 「明月照積雪」
054 五二 納蘭容若
055 五三 陸放翁跋《花間集》
057 五四 四言敝而有《楚辭》
057 五五 詩之《三百篇》
058 五六 大家之作
058 五七 人能於詩詞中不爲美刺投贈之篇
059 五八 以〈長恨歌〉之壯采
059 五九 近體詩體制
060 六〇 詩人對宇宙人生

060 六一 詩人必有輕視外物之意
061 六二 昔爲倡家女
063 六三 枯藤老樹昏鴉
064 六四 白仁甫《秋夜梧桐雨》劇

人間詞話 刪稿

066 一 白石之詞
067 二 雙聲、疊韻之論
068 三 世人但知雙聲之不拘四聲
069 四 詩至唐中葉以後
070 五 曾純甫中秋應制
071 六 北宋名家以方回爲最次
071 七 散文易學而難工

072 八 古詩云
072 九 社會上之習慣
072 一〇 昔人論詩詞
073 一一 詞家多以景寓情
074 一二 詞之爲體
074 一三 言氣質
075 一四 西（當作『秋』）風吹渭水
077 一五 長調自以周、柳、蘇、辛爲最工
079 一六 稼軒〈賀新郎〉詞「送茂嘉十二弟」
080 一七 稼軒〈賀新郎〉詞
082 一八 譚復堂《篋中詞選》
083 一九 詞家時代之說
084 二〇 唐五代北宋之詞

084 二一 《衍波詞》之佳者
085 二二 近人詞如《復堂詞》之深婉
086 二三 宋直方
087 二四 《半唐丁稿》
090 二五 固哉
092 二六 賀黃公謂
092 二七 池塘春草謝家春
093 二八 朱子《清邃閣論詩》
093 二九 朱子謂
094 三〇 自憐詩酒瘦
095 三一 文文山詞
095 三二 和凝〈長命女〉詞
096 三三 宋李希聲《詩話》

097 三四 自竹垞痛貶《草堂詩餘》
098 三五 梅溪、夢窗、玉田、草窗、西麓諸家
098 三六 余友沈昕伯紘自巴黎寄余〈蝶戀花〉
099 三七 君王枉把平陳業
100 三八 宋人小說
102 三九 〈滄浪〉、〈鳳兮〉二歌
103 四〇 唐五代之詞
103 四一 唐五代北宋之詞家
104 四二 〈蝶戀花〉「獨倚危樓」一闋
105 四三 讀《會眞記》者
105 四四 詞人之忠實
106 四五 讀《花間》
106 四六 明季國初諸老之論詞

四七　東坡之曠在神　106
四八　紛吾既有此內美兮　107
四九　詩人視一切外物　107

人間詞話 附錄

一　蕙風詞小令似叔原　110
二　蕙風〈洞仙歌〉　110
三　彊村詞　112
四　蕙風〈聽歌〉諸作　113
五　（皇甫松）詞，黃叔暘稱其〈摘得新〉二首　115
六　端己詞情深語秀　116
七　（毛文錫）詞比牛、薛諸人　117
八　（魏承班）詞遜於薛昭蘊、牛嶠　117

九 （顧）夐詞在牛給事 118
一〇 （毛熙震）周密《齊東野語》 120
一一 （閻選）詞唯〈臨江仙〉第二首有軒翥之意 121
一二 昔沈文愨深賞（張）泌 122
一三 （孫光憲詞）昔黃玉林賞其「一庭花（當作『疏』）雨濕春愁」為古今佳句 123
一四 （周清真）先生於詩文無所不工 124
一五 （清真）先生之詞 125
一六 山谷云 126
一七 樓忠簡謂（清真）先生妙解音律 128
一八 （《雲謠集雜曲子》）〈天仙子〉詞 129
一九 （王）以凝詞句法精壯 130
二〇 有明一代 132

二一 王君靜安將刊其所爲《人間詞》 133
二二 去歲夏 135
二三 歐公〈蝶戀花〉 138
二四 《片玉詞》「良夜燈光簇如豆」一首 139
二五 溫飛卿〈菩薩蠻〉 141
二六 白石尙有骨 142
二七 美成詞多作態 142
二八 周介存謂白石以詩法入詞 142
二九 予於詞，五代喜李後主 143

重印後記／徐調孚 145
校訂後記／王仲聞 147

附錄

150 文學小言
158 重印人間詞話序／俞平伯
161 《人間詞話》手稿

人間詞話

一

詞以境界爲最上。有境界則自成高格，自有名句。五代、北宋之詞所以獨絕者在此。

二

有造境，有寫境，此理想與寫實二派之所由分。然二者頗難分別。因大詩人所造之境，必合乎自然，所寫之境，亦必鄰於理想故也。

三

有有我之境，有無我之境。「淚眼問花花不語，亂紅飛過秋千去。」[1]「可堪孤館閉春寒，杜鵑聲裡斜陽暮。」[2]有我之境也。「採菊東籬下，悠然見南山。」[3]「寒波澹澹起，白鳥悠悠下。」[4]無我之境也。有我之境，以我觀物，故物皆著我之色彩。無我之境，以物觀物，故不知何者爲我，何者爲物。古人爲詞，寫有我之境者爲多，然未始不能寫無我之境，此在豪傑之士能自樹立耳。

1 馮延巳〈鵲踏枝〉：「庭院深深深幾許？楊柳堆煙，簾幕無重數。玉勒雕鞍遊冶處，樓高不見章臺路。　雨橫風狂三月暮。門掩黃昏，無計留春住。淚眼問花花不語，亂紅飛入（別作『過』）秋千去。」（據四印齋本《陽春集》）

2 秦觀〈踏莎行〉：「霧失樓臺，月迷津度。桃源望斷無尋處。可堪孤館閉春寒，杜鵑聲裡斜陽暮。　驛寄梅花，魚傳尺素，砌成此恨無重數。郴江幸自繞郴山，為誰流下瀟湘去。」（據番禺葉氏宋本兩種合印《淮海長短句》

卷中）

3 陶潛〈飲酒〉第五首：「結廬在人境，而無車馬喧。問君何能爾，心遠地自偏。採菊東籬下，悠然見南山。山氣日夕佳，飛鳥相與還。此中有真意，欲辨已忘言。」（據陶澍集注本《陶靖節集》卷三）

4 元好問〈穎亭留別〉：「故人重分攜，臨流駐歸駕。乾坤展清眺，萬景若相借。北風三日雪，太素秉元化。九山郁崢嶸，了不受陵跨。寒波澹澹起，白鳥悠悠下。懷歸人自急，物態本閑暇。壺觴負吟嘯，塵土足悲吒。回首亭中人，平林澹如畫。」（據《四部備要》本《遺山詩集箋注》卷一）

四

無我之境，人惟於靜中得之。有我之境，於由動之靜時得之。故一優美，一宏壯也。

五

自然中之物，互相關係，互相限制。然其寫之於文學及美術中也，必遺其關係、限制之處，故雖寫實家，亦理想家也。又雖如何虛構之境，其材料必求之於自然，而其構造，亦必從自然之法則。故雖理想家，亦寫實家也。

六

境非獨謂景物也。喜怒哀樂，亦人心中之一境界。故能寫眞景物、眞感情者，謂之有境界。否則謂之無境界。

七

「紅杏枝頭春意鬧」[1]，著一「鬧」字，而境界全出。「雲破月來花弄影」[2]，著一「弄」字，而境界全出矣。

1 宋祁〈玉樓春〉（春景）：「東城漸覺風光好，縠皺波紋迎客棹。綠楊煙外曉寒輕，紅杏枝頭春意鬧。　浮生長恨歡娛少，肯愛千金輕一笑。為君持酒勸斜陽，且向花間留晚照。」（據趙萬里輯本《宋景文公長短句》）

2 張先〈天仙子〉（時為嘉禾小倅，以病眠，不赴府會。）：「〈水調〉數聲持酒聽，午醉醒來愁未醒。送春春去幾時回？臨晚鏡，傷流景，往事後期空記省。　沙上並禽池上瞑，雲破月來花弄影。重重簾幕密遮燈，風不定，人初靜，明日落紅應滿徑。」（據《彊村叢書》本《張子野詞》卷二）

八

境界有大小，不以是而分優劣。「細雨魚兒出，微風燕子斜」[1]，何遽不若「落日照大旗，馬鳴風蕭蕭」[2]。「寶簾閑掛小銀鉤」[3]，何遽不若「霧失樓臺，月迷津渡」[4]也。

1 杜甫〈水檻遣心〉二首之一：「去郭軒楹敞，無村眺望賒。澄江平少岸，幽樹晚多花。細雨魚兒出，微風燕子斜。城中十萬户，此地兩三家。」（據仇兆鰲《杜詩詳注》卷十）

2 杜甫〈後出塞〉五首之二：「朝進東門營，暮上河陽橋。落日照大旗，馬鳴風蕭蕭。平沙列萬幕，部伍各見招。中天懸明月，令嚴夜寂寥。悲笳數聲動，壯士慘不驕。借問大將誰？恐是霍嫖姚。」（據《杜詩詳注》卷四）

3 秦觀〈浣溪沙〉：「漠漠輕寒上小樓，曉陰無賴似窮秋，澹煙流水畫屏幽。　自在飛花輕似夢，無邊絲雨細如愁，寶簾閑掛小銀鉤。」（據《淮海長短句》卷中）

4 此為秦觀〈踏莎行〉句，已見頁三注。

九

嚴滄浪《詩話》謂：「盛唐諸公（《詩話》『公』作『人』），唯在興趣。羚羊掛角，無跡可求。故其妙處，透澈（『澈』作『徹』）玲瓏，不可湊拍（『拍』作『泊』）。如空中之音、相中之色、水中之影（『影』作『月』）、鏡中之象，言有盡而意無窮。」余謂：北宋以前之詞，亦複如是。然滄浪所謂興趣，阮亭所謂神韻，猶不過道其面目；不若鄙人拈出「境界」二字，為探其本也。

一〇

太白純以氣象勝。「西風殘照，漢家陵闕」[1]，寥寥八字，遂關千古登臨之口。後世唯范文正之〈漁家傲〉[2]，夏英公之〈喜遷鶯〉[3]，差足繼武，然氣象已不逮矣。

1 李白〈憶秦娥〉：「簫聲咽。秦娥夢斷秦樓月。秦樓月。年年柳色，霸陵傷別。　樂游原上清秋節。咸陽古道音塵絕。音塵絕。西風殘照，漢家陵闕。」（據《四部叢刊》本《唐宋諸賢絕妙詞選》卷一）

2 范仲淹〈漁家傲〉（秋思）：「塞下秋來風景異。衡陽雁去無留意。四面邊聲連角起。千嶂裡，長煙落日孤城閉。　濁酒一杯家萬里。燕然未勒歸無計。羌管悠悠霜滿地。人不寐，將軍白髮征夫淚。」（據《彊村叢書》本《范文正公詩餘》）

3 夏竦〈喜遷鶯〉令：「霞散綺，月垂鉤。簾卷未央樓。夜涼銀漢截天流，宮闕鎖清秋。　瑤臺樹，金莖露。鳳髓香盤煙霧。三千珠翠擁宸游，水殿按涼州。」（據《絕妙詞選》卷二）

一一

張皋文謂飛卿之詞「深美閎約」[1]**。余謂：此四字唯馮正中足以當之。劉融齋謂飛卿「精豔**（當作『妙』）**絕人」**[2]**，差近之耳。**

1 張惠言《詞選・序》：「唐之詞人……溫庭筠最高，其言深美閎約。」

2 劉熙載《藝概》卷四〈詞曲概〉：「溫飛卿詞精妙絕人，然類不出乎綺怨。」

一二

「畫屏金鷓鴣」，飛卿語也[1]，其詞品似之。「弦上黃鶯語」，端己語也[2]，其詞品亦似之。正中詞品，若欲於其詞句中求之，則「和淚試嚴妝」[3]，殆近之歟？

1 溫庭筠〈更漏子〉：「柳絲長，春雨細。花外漏聲迢遞。驚塞雁，起城烏。畫屏金鷓鴣。　香霧薄，透簾幕。惆悵謝家池閣。紅燭背，繡簾垂。夢長君不知。」（據觀堂自輯本《金荃詞》）【按：觀堂自輯本，文字未經校訂，不足據，應以《花間集》為據，後同。】

2 韋莊〈菩薩蠻〉：「紅樓別夜堪惆悵，香燈半卷流蘇帳。殘月出門時，美人和淚辭。　琵琶金翠羽，弦上黃鶯語。勸我早歸家，綠窗人似花。」（據觀堂自輯本《浣花詞》）

3 馮延巳〈菩薩蠻〉：「嬌鬟堆枕釵橫鳳，溶溶春水楊花夢。紅燭淚欄杆，翠屏煙浪寒。　錦壺催畫箭，玉佩天涯遠。和淚試嚴妝，落梅飛曉霜。」（據《陽春集》）

一三

南唐中主詞：「菡萏香銷翠葉殘，西風愁起綠波間。」[1]大有衆芳蕪穢，美人遲暮之感。乃古今獨賞其「細雨夢回雞塞遠，小樓吹徹玉笙寒」[2]，故知解人正不易得。

1 中主〈浣溪沙〉：「菡萏香銷翠葉殘，西風愁起綠波間。還與韶光共憔悴，不堪看。　細雨夢回雞塞遠，小樓吹徹玉笙寒。多少淚珠無限恨，倚欄杆。」（據戴景素校注本《李後主詞》附錄〈中主詞〉）

2 馬令《南唐書》卷二十一〈馮延巳傳〉：「元宗樂府詞云：『小樓吹徹玉笙寒。』延巳有『風乍起，吹皺一池春水』之句，皆為警策。元宗嘗戲延巳曰：『「吹皺一池春水」，干卿何事？』延巳曰：『未如陛下「小樓吹徹玉笙寒」。』元宗悅。」

又胡仔《苕溪漁隱叢話》前集卷五十九引《雪浪齋日記》：「荊公問山谷云：『作小詞曾看李後主詞否？』云：『曾看。』荊公云：『何處最好？』

山谷以『一江春水向東流』為對。荊公云：『未若「細雨夢回雞塞遠，小樓吹徹玉笙寒」。』（案：荊公誤元宗為後主）」

一四

溫飛卿之詞，句秀也。韋端己之詞，骨秀也。李重光之詞，神秀也。

一五

詞至李後主而眼界始大，感慨遂深，遂變伶工之詞而爲士大夫之詞。周介存置諸溫、韋之下[1]，可謂顛倒黑白矣。「自是人生長恨水長東。」[2]「流水落花春去也，天上人間。」[3]《金荃》、《浣花》，能有此氣象耶？

1 周濟《介存齋論詞雜著》：「毛嬙、西施，天下美婦人也。嚴妝佳，淡妝亦佳，粗服亂頭，不掩國色。飛卿，嚴妝也。端己，淡妝也。後主則粗服亂頭矣。」

2 後主〈烏夜啼〉：「林花謝了春紅。太匆匆。無奈朝來寒重晚來風。　胭脂淚，留人醉。幾時重？自是人生長恨水長東。」（據《李後主詞》）

3 後主〈浪淘沙〉：「簾外雨潺潺。春意闌珊。羅衾不耐五更寒。夢裡不知身是客，一晌貪歡。　獨自莫憑欄，無限江山，別時容易見時難。流水落花春去也，天上人間。」（據《李後主詞》）

一六

詞人者，不失其赤子之心者也。故生於深宮之中，長於婦人之手，是後主爲人君所短處，亦即爲詞人所長處。

一七

客觀之詩人，不可不多閱世。閱世愈深，則材料愈豐富，愈變化，《水滸傳》、《紅樓夢》之作者是也。主觀之詩人，不必多閱世。閱世愈淺，則性情愈眞，李後主是也。

一八

尼采謂：「一切文學，余愛以血書者。」後主之詞，眞所謂以血書者也。宋道君皇帝〈燕山亭〉詞[1]亦略似之。然道君不過自道身世之戚，後主則儼有釋迦、基督擔荷人類罪惡之意，其大小固不同矣。

1 宋徽宗〈燕山亭〉（北行見杏花）：「裁翦冰綃，輕疊數重，淡著燕脂勻注。新樣靚妝，豔溢香融，羞殺蕊珠宮女。易得凋零，更多少無情風雨。愁苦。閑院落淒涼，幾番春暮。　憑寄離恨重重，這雙燕何曾，會人言語。天遙地遠，萬水千山，知他故宮何處？怎不思量？除夢裡有時曾去。無據。和夢也、新來不做。」（據《彊村叢書》本《宋徽宗詞》）

一九

馮正中詞雖不失五代風格，而堂廡特大，開北宋一代風氣。與中、後二主詞皆在《花間》範圍之外，宜《花間集》中不登其隻字也。[1]

1 龍沐勳《唐宋名家詞選》：「案：《花間集》多西蜀詞人，不採二主及正中詞，當由道里隔絕，又年歲不相及有以致然。非因流派不同，遂爾遺置也。王説非是。」

二〇

正中詞除〈鵲踏枝〉、〈菩薩蠻〉十數闋[1]最煊赫外，如〈醉花間〉之「高樹鵲銜巢，斜月明寒草」[2]，余謂：韋蘇州之「流螢渡高閣」[3]，孟襄陽之「疏雨滴梧桐」[4]，不能過也。

1 《陽春集》載〈鵲踏枝〉十四闋、〈菩薩蠻〉九闋，辭繁不具錄。

2 馮延巳〈醉花間〉：「晴雪小園春未到。池邊梅自早。高樹鵲銜巢，斜月明寒草。　山川風景好。自古金陵道。少年看卻老。相逢莫厭醉金杯，別離多、歡會少。」（據《陽春集》）【按：他本《陽春集》，「巢」俱作「窠」。】

3 韋應物〈寺居獨夜寄崔主簿〉：「幽人寂無寐，木葉紛紛落。寒雨暗深更，流螢渡高閣。坐使青燈曉，還傷夏衣薄。寧知歲方晏，離居更蕭索。」（據《四部備要》本《韋蘇州集》卷二）

4 《全唐詩》卷六：孟浩然句：「微雲淡河漢，疏雨滴梧桐。」注：王士源云：「浩然常閑遊秘省，秋月新霽，諸英聯詩。次當浩然云云，舉座嗟其清絕，不復為綴。」【按：此事出唐王士源《孟浩然集・序》，原文云：浩然「嘗閑遊秘省，秋月新霽，諸英華賦詩作會。浩然句云：『微雲淡河漢，疏雨滴梧桐。』舉座嗟其清絕，咸閣筆不復為繼。」】

二一

歐九〈浣溪沙〉詞：「綠楊樓外出秋千。」晁補之謂：只一「出」字，便後人所不能道[1]。余謂：此本於正中〈上行杯〉詞「柳外秋千出畫牆」[2]，但歐語尤工耳。

1 歐陽修〈浣溪沙〉：「堤上遊人逐畫船，拍堤春水四垂天。綠楊樓外出秋千。白髮戴花君莫笑，六么催拍盞頻傳。人生何處似尊前。」（據林大椿校本《歐陽文忠公近體樂府》卷三）吳曾《能改齋漫錄》卷十六：晁無咎評本朝樂章云：「歐陽永叔〈浣溪沙〉云：『堤上遊人逐畫船，拍堤春水四垂天。綠楊樓外出秋千。』要皆絕妙。然只一『出』字，自是後人道不到處。」

2 馮延巳〈上行杯〉：「落梅著雨消殘粉，雲重煙輕寒食近。羅幕遮香，柳外秋千出畫牆。春山顛倒釵橫鳳，飛絮入簾春睡重。夢裡佳期，只許庭花與月知。」（據《陽春集》）

二二

梅聖（原誤作「舜」）**俞〈蘇幕遮〉詞：「落盡梨花春事**（當作『又』）**了。滿地斜**（當作『殘』）**陽，翠色和煙老。」**[1]**劉融齋謂：少游一生似專學此種**[2]**。余謂：馮正中〈玉樓春〉詞：「芳菲次第長相續，自是情多無處足。尊前百計得春歸，莫爲傷春眉黛促。」**[3]**永叔一生似專學此種。**

1 梅堯臣〈蘇幕遮〉（草）：「露堤平，煙墅杳。亂碧萋萋，雨後江天曉。獨有庾郎年最少。窣地春袍，嫩色宜相照。　接長亭，迷遠道。堪怨王孫，不記歸期早。落盡梨花春又了。滿地殘陽，翠色和煙老。」（據《四部備要》本《詞綜》卷四）

2 劉熙載《藝概》卷四〈詞曲概〉引此詞云：「此一種似為少游開先。」

3 歐陽修〈玉樓春〉：「雪雲乍變春雲簇，漸覺年華堪送目。北枝梅蕊犯寒開，南浦波紋如酒綠。　芳菲次第還相續，不奈情多無處足。尊前百計得春歸，莫為傷春歌黛蹙。」（據《歐陽文忠公近體樂府》卷二）按：此詞未見《陽春集》。《尊前集》作馮延巳詞，不知何據。《陽春集》既不載，自難徵信，當為歐作無疑。觀堂謂永叔一生似專學此種，不知此詞原為永叔作也。又所引係據《尊前》，故與《歐集》有異文。【按：宋羅泌校《歐陽文忠公近體樂府》，只云：「此篇《尊前集》作馮延巳，而《陽春錄》不載。」宋朱翌《猗覺寮雜記》卷上引「北枝梅蕊犯寒開」句，作馮延巳詞。朱翌，南宋初人，早於羅泌，所言當有據。明董逢元未見《尊前集》，而所輯《唐詞紀》以此首為馮詞，亦必有據。尚未能斷定為「歐作無疑」也。】

二三

人知和靖〈點絳唇〉[1]、聖（原誤作「舜」）**俞〈蘇幕遮〉[2]、永叔〈少年遊〉**（原脫「遊」）**三闋爲詠春草絕調[3]。不知先有正中「細雨濕流光」五字[4]，皆能攝春草之魂者也。**

1 林逋〈點絳唇〉（草）：「金谷年年，亂生春色誰為主。餘花落處，滿地和煙雨。　又是離愁，【按：『愁』《苕溪漁隱叢話》後集卷二十一引楊元素《本事曲》作『歌』，文意較長。】一闋長亭暮。王孫去。萋萋無數，南北東西路。」（據《絕妙詞選》卷二）

2 梅堯臣〈蘇幕遮〉，已見頁二一注。

3 吳曾《能改齋漫錄》卷十七：「梅聖俞在歐陽公坐，有以林逋〈草詞〉『金谷年年，亂生青草（按：《絕妙詞選》、《草堂詩餘》等書「青草」均作「春色」）誰為主』為美者。梅聖俞別為〈蘇幕遮〉一闋，歐公擊節賞之。又自為一詞云：『欄杆十二獨憑春，晴碧遠連雲。千里萬里，二月三月，行色苦愁人。　　謝家池上，江淹浦畔，吟魄與離魂。那堪疏雨滴黃昏，更特地憶王孫。』蓋〈少年遊〉令也。不惟前二公所不及，雖求諸唐人溫、李集中，殆與之為一矣。今集不載此一篇，惜哉！」

4

馮延巳〈南鄉子〉：「細雨濕流光，芳草年年與恨長。煙鎖鳳樓無限事，茫茫。鸞鏡鴛衾兩斷腸。　　魂夢任悠揚，睡起楊花滿繡床。薄幸不來門半掩，斜陽。負你殘春淚幾行。」（據《陽春集》）

二四

《詩・蒹葭》一篇[1]，最得風人深致。晏同叔之「昨夜西風凋碧樹。獨上高樓，望盡天涯路」[2]，意頗近之。但一灑落，一悲壯耳。

1 《詩・秦風・蒹葭》：「蒹葭蒼蒼，白露為霜。所謂伊人，在水一方。溯洄從之，道阻且長。溯游從之，宛在水中央。　蒹葭淒淒，白露未晞。所謂伊人，在水之湄。溯洄從之，道阻且躋。溯游從之，宛在水中坻。　蒹葭采采，白露未已。所謂伊人，在水之涘，溯洄從之，道阻且右。溯游從之，宛在水中沚。」（據《四部叢刊》本《毛詩》卷第六）

2 晏殊〈蝶戀花〉：「檻菊愁煙蘭泣露。羅幕輕寒，燕子雙飛去。明月不諳離恨苦，斜光到曉穿朱户。　昨夜西風凋碧樹。獨上高樓，望盡天涯路。欲寄彩箋無尺素，山長水闊知何處。」（據林大椿校本《珠玉詞》）【按：晏詞調名，原作〈鵲踏枝〉（據明抄本《珠玉詞》）。「無尺素」應作「兼尺素」（據同上），《張子野詞》同，較可據。林大椿校本未善。】

二五

「我瞻四方，蹙蹙靡所騁。」[1]詩人之憂生也，「昨夜西風凋碧樹。獨上高樓，望盡天涯路」似之。「終日馳車走，不見所問津。」[2]詩人之憂世也，「百草千花寒食路。香車繫在誰家樹」[3]似之。

1 《詩・小雅・節南山》第七章：「駕彼四牡，四牡項領。我瞻四方，蹙蹙靡所騁。」（據《毛詩》卷第十二）

2 陶潛〈飲酒〉第二十首：「羲農去我久，舉世少復真。汲汲魯中叟，彌縫使其淳。鳳鳥雖不至，禮樂暫得新。洙泗輟微響，漂流逮狂秦。詩書復何罪，一朝成灰塵。區區諸老翁，為事誠殷勤。如何絕世下，六籍無一親。終日馳車走，不見所問津。若復不快飲，空負頭上巾。但恨多謬誤，君當恕醉人。」（據《陶靖節集》卷三）

3 馮延巳〈鵲踏枝〉：「幾日行雲何處去？忘卻歸來，不道春將暮。百草千花寒食路。香車繫在誰家樹？　淚眼倚樓頻獨語。雙燕飛來，陌上相逢否？撩亂春愁如柳絮。悠悠夢裡無尋處。」（據《陽春集》）

二六

古今之成大事業、大學問者，必經過三種之境界：「昨夜西風凋碧樹。獨上高樓，望盡天涯路。」此第一境也。「衣帶漸寬終不悔，爲伊消得人憔悴。」[1]此第二境也。「衆裡尋他千百度，回頭驀見（當作『驀然回首』），那人正（當作『卻』）在，燈火闌珊處。」[2]此第三境也。此等語皆非大詞人不能道。然遽以此意解釋諸詞，恐爲晏、歐諸公所不許也。

1 柳永〈鳳棲梧〉：「佇倚危樓風細細。望極春愁，黯黯生天際。草色煙光殘照裡。無言誰會憑闌意。　擬把疏狂圖一醉。對酒當歌，強樂還無味。衣帶漸寬終不悔，為伊消得人憔悴。」（據《彊村叢書》本《樂章集》中卷）【按：原稿自注：歐陽永叔。觀堂先生《靜庵文集續編・文學小言（五）》與此則相同，亦云：歐陽永叔〈蝶戀花〉。蓋據宋本《歐陽文忠公近體樂府》。】

2 辛棄疾〈青玉案〉（元夕）：「東風夜放花千樹。更吹落、星如雨。寶馬雕車香滿路。鳳簫聲動，玉壺光轉，一夜魚龍舞。　蛾兒雪柳黃金縷。笑語盈盈暗香去。眾裡尋它千百度。驀然回首，那人卻在，燈火闌珊處。」（據林大椿校本《稼軒長短句》卷七。觀堂引此有異文，與其他各本亦均不同，疑誤。）

二七

永叔「人間（當作「生」）**自是有情癡，此恨不關風與月」，「直須看盡洛城花，始與**（當作「共」）**東**（當作「春」）**風容易別」**[1]**，於豪放之中有沉著之致，所以尤高。**

1 歐陽修〈玉樓春〉：「尊前擬把歸期說，未語春容先慘咽。人生自是有情癡，此恨不關風與月。　離歌且莫翻新闋，一曲能教腸寸結。直須看盡洛城花，始共春風容易別。」（據《歐陽文忠公近體樂府》卷二。觀堂引此，亦有異文，疑誤。）

二八

馮夢華《宋六十一家詞選・序例》謂：「淮海、小山，古之傷心人也。其淡語皆有味，淺語皆有致。」余謂此唯淮海足以當之。小山矜貴有餘，但可方駕子野、方回，未足抗衡淮海也。

二九

少游詞境最爲淒婉。至「可堪孤館閉春寒，杜鵑聲裡斜陽暮」，則變而淒厲矣。東坡賞其後二語[1]，猶爲皮相。

1　胡仔《苕溪漁隱叢話》前集卷五十引惠洪《冷齋夜話》：「少游到郴州，作長短句（按即〈踏莎行〉詞，已見頁三注）。東坡絕愛其尾兩句，自書於扇曰：『少游已矣，雖萬人何贖。』」

三〇

「風雨如晦，雞鳴不已。」[1]「山峻高以蔽日兮，下幽晦以多雨。霰雪紛其無垠兮，雲霏霏而承宇。」[2]「樹樹皆秋色，山山盡（當作『唯』）**落暉。」[3]「可堪孤館閉春寒，杜鵑聲裡斜陽暮。」氣象皆相似。**

1 《詩・鄭風・風雨》：「風雨淒淒，雞鳴喈喈。既見君子，云胡不夷。風雨瀟瀟，雞鳴膠膠。既見君子，云胡不瘳。風雨如晦，雞鳴不已。既見君子，云胡不喜。」（據《毛詩》卷第四）

2 見《楚辭・九章・涉江》，辭長不備錄。

3 王績〈野望〉：「東皋薄暮望，徙倚欲何依？樹樹皆秋色，山山唯落暉。牧人驅犢返，獵馬帶禽歸。相顧無相識，長歌懷采薇。」（據《岱南閣叢書》本《王無功集》卷中）

三一

昭明太子稱：陶淵明詩「跌宕昭彰，獨超衆類。抑揚爽朗，莫之與京」[1]。王無功稱：薛收賦「韻趣高奇，詞義晦遠。嵯峨蕭瑟，眞不可言」[2]。詞中惜少此二種氣象，前者唯東坡，後者唯白石，略得一二耳。

1 見蕭統《陶淵明集・序》。

2 見《王無功集》卷下〈答馮子華處士書〉。所稱薛收賦，謂係〈白牛谿賦〉。

三二

詞之雅鄭，在神不在貌。永叔、少游雖作豔語，終有品格。方之美成，便有淑女與倡伎之別。

三三

美成深遠之致不及歐、秦。唯言情體物，窮極工巧，故不失爲第一流之作者。但恨創調之才多，創意之才少耳。

三四

詞忌用替代字。美成〈解語花〉之「桂華流瓦」[1]，境界極妙。惜以「桂華」二字代「月」耳。夢窗以下，則用代字更多。其所以然者，非意不足，則語不妙也。蓋意足則不暇代，語妙則不必代。此少游之「小樓連苑」、「繡轂雕鞍」[2]，所以爲東坡所譏也[3]。

1　周邦彥〈解語花〉（元宵）：「風銷焰蠟，露浥烘爐，花市光相射。桂華流瓦。纖雲散，耿耿素娥欲下。衣裳淡雅。看楚女、纖腰一把。簫鼓喧、人影參差，滿路飄香麝。　因念都城放夜。望千門如畫，嬉笑遊冶。鈿車羅帕。相逢處、自有暗塵隨馬。年光是也。唯只見、舊情衰謝。清漏移、飛蓋歸來，從舞休歌罷。」（據林大椿校本《清真集》卷下）

2　秦觀〈水龍吟〉：「小樓連遠（汲古閣本『遠』作『苑』）橫空，下窺繡轂雕鞍驟。朱簾半卷，單衣初試，清明時候。破暖輕風，弄晴微雨，欲無還有。賣花聲過盡，斜陽院落，紅成陣、飛鴛甃。　玉佩丁東別後。悵佳期、參差難又。名韁利鎖，天還知道，和天也瘦。花下重門，柳邊深巷，不堪回首。念多情，但有當時皓月，向人依舊。」（據《淮海長短句》卷上）

【按：《花庵唐宋詞選》「遠」亦作「苑」。】

3

《歷代詩餘》卷五引曾慥《高齋詞話》：「少游自會稽入都見東坡。東坡問作何詞，少游舉『小樓連苑橫空，下窺繡轂雕鞍驟』。東坡曰：『十三個字只說得一個人騎馬樓前過。』」【按：此出黃昇《唐宋諸賢絕妙詞選》卷二，文字稍異。宋曾慥有《高齋詩話》，無《高齋詞話》。《歷代詩餘》所引殊不足據。】

三五

沈伯時《樂府指迷》云：「說桃不可直說破（原無「破」字，據《花草粹編》附刊本《樂府指迷》加。）**桃，須用『紅雨』『劉郎』等字。詠**（原作「說」）**柳不可直說破柳，須用『章臺』『灞岸』等字。」若惟恐人不用代字者。果以是爲工，則古今類書具在，又安用詞爲耶？宜其爲《提要》所譏也**[1]**。**

1 《四庫提要》集部詞曲類二沈氏《樂府指迷》條：「又謂說桃須用『紅雨』『劉郎』等字，說柳須用『章臺』『灞岸』等字，說書須用『銀鉤』等字，說淚須用『玉箸』等字，說髮須用『綠雲』等字，說簟須用『湘竹』等字，不可直說破。其意欲避鄙俗，而不知轉成塗飾，亦非確論。」

三六

美成〈青玉案〉（當作〈蘇幕遮〉）**詞：「葉上初陽乾宿雨。水面清圓，一一風荷舉。」[1]此真能得荷之神理者。覺白石〈念奴嬌〉、〈惜紅衣〉二詞[2]，猶有隔霧看花之恨。**

1 周邦彥〈蘇幕遮〉：「燎沉香，消溽暑。鳥雀呼晴，侵曉窺簷語。葉上初陽幹宿雨。水面清圓，一一風荷舉。　故鄉遙，何日去？家住吳門，久作長安旅。五月漁郎相憶否？小楫輕舟，夢入芙蓉浦。」（據《清真集》卷上）

2 姜夔〈念奴嬌〉（予客武陵，湖北憲治在焉。古城野水，喬木參天。予與二三友日蕩舟其間，薄荷花而飲。意象幽閑，不類人境。秋水且涸，荷葉出地尋丈，因列坐其下，上不見日。清風徐來，綠雲自動，間於疏處窺見遊人畫船，亦一樂也。揭來吳興，數得相羊荷花中。又夜泛西湖，光景奇絕。故以此句寫之。）：「鬧紅一舸，記來時，嘗與鴛鴦為侶。三十六陂人未到，水佩風裳無數。翠葉吹涼，玉容銷酒，更灑菰蒲雨。嫣然搖動，冷香飛上詩句。　日暮。青蓋亭亭，情人不見，爭忍淩波去。只恐舞衣寒易落，愁入西風南浦。高柳垂陰，老魚吹浪，留我花間住。田田多少？幾回沙際歸路。」（據《彊村叢書》本《白石道人歌曲》卷四）

又〈惜紅衣〉（吳興號水晶宮，荷花盛麗。陳簡齋云：「今年何以報君恩？一路荷花，相送到青墩。」亦可見矣。丁未之夏，予遊千岩，數往來紅香中。自度此曲，以無射宮歌之。）：「簟枕邀涼，琴書換日，睡餘無力。細灑冰泉，並刀破甘碧。牆頭喚酒，誰問訊城南詩客？岑寂。高柳晚蟬，說西風消息。　虹梁水陌，魚浪吹香，紅衣半狼藉。維舟試望故國。眇天北。可惜渚邊沙外，不共美人遊歷。問甚時同賦，三十六陂秋色？」（據《白石道人歌曲》卷五）

三七

東坡〈水龍吟〉詠楊花[1]，和均而似元唱。章質夫詞[2]，元唱而似和均。才之不可強也如是！

1 蘇軾〈水龍吟〉（次韻章質夫楊花詞）：「似花還似非花，也無人惜從教墜。拋家傍路，思量卻是，無情有思。縈損柔腸，困酣嬌眼，欲開還閉。夢隨風萬里，尋郎去處，又還被、鶯呼起。　不恨此花飛盡，恨西園、落紅難綴。曉來雨過，遺蹤何在？一池萍碎。春色三分，二分塵土，一分流水。細看來不是楊花，點點是離人淚。」（據龍沐勳《東坡樂府箋》卷二）

2 章楶〈水龍吟〉（楊花）：「燕忙鶯懶芳殘，正堤上、柳花飄墜。輕飛亂舞，點畫青林，全無才思。閑趁遊絲，靜臨深院，日長門閉。傍珠簾散漫，垂垂欲下，依前被、風扶起。　蘭帳玉人睡覺，怪春衣、雪霑瓊綴。繡床漸滿，香球無數，才圓卻碎。時見蜂兒，仰黏輕粉，魚吞池水。望章臺路杳，金鞍遊蕩，有盈盈淚。」（據四印齋本《草堂詩餘》卷下）

三八

詠物之詞，自以東坡〈水龍吟〉爲最工，邦卿〈雙雙燕〉[1]次之。白石〈暗香〉、〈疏影〉[2]，格調雖高，然無一語道著，視古人「江邊一樹垂垂發」[3]等句何如耶？

1 史達祖〈雙雙燕〉（詠燕）：「過春社了，度簾幕中間，去年塵冷。差池欲住，試入舊巢相並。還相雕梁藻井。又軟語、商量不定。飄然快拂花梢，翠尾分開紅影。　芳徑。芹泥雨潤。愛貼地爭飛，競誇輕俊。紅樓歸晚，看足柳昏花暝。應自棲香正穩。便忘了、天涯芳信。愁損翠黛雙蛾，日日畫欄獨憑。」（據四印齋本《梅溪詞》）

2 姜夔〈暗香〉（辛亥之冬，予載雪詣石湖。止既月，授簡索句，且征新聲。作此兩曲。石湖把玩不已，使工妓隸習之，音節諧婉。乃名之曰〈暗香〉、〈疏影〉。）：「舊時月色。算幾番照我，梅邊吹笛。喚起玉人，不管清寒與攀摘。何遜而今漸老，都忘卻、春風詞筆。但怪得、竹外疏花，香冷入瑤席。　　江國。正寂寂。歎寄與路遙，夜雪初積。翠尊易泣。紅萼無言耿相憶。長記曾攜手處，千樹壓、西湖寒碧。又片片、吹盡也，幾時見得？」（據《白石道人歌曲》卷五，下同）

又〈疏影〉：「苔枝綴玉。有翠禽小小，枝上同宿。客里相逢，籬角黃昏，無言自倚修竹。昭君不慣胡沙遠，但暗憶、江南江北。想佩環、月夜歸來，化作此花幽獨。　　猶記深宮舊事，那人正睡裡，飛近蛾綠。莫似春風，不管盈盈，早與安排金屋。還教一片隨波去，又卻怨、玉龍哀曲。等恁時、重覓幽香，已入小窗橫幅。」

3

杜甫〈和裴迪登蜀州東亭送客逢早梅相憶見寄〉：「東閣官梅動詩興，還如何遜在揚州。此時對雪遙相憶，送客逢春可自由。幸不折來傷歲暮，若為看去亂鄉愁。江邊一樹垂垂發，朝夕催人自白頭。」（據《杜詩詳注》卷九）

三九

白石寫景之作，如「二十四橋仍在，波心蕩、冷月無聲」[1]，「數峰清苦，商略黃昏雨」[2]，「高樹晚蟬，說西風消息」[3]，雖格韻高絕，然如霧裡看花，終隔一層。梅溪、夢窗諸家寫景之病，皆在一「隔」字。北宋風流，渡江遂絕。抑真有運會存乎其間耶？

1 姜夔〈揚州慢〉（淳熙丙申至日，予過維揚。夜雪初霽，薺麥彌望。入其城，則四顧蕭條，寒水自碧。暮色漸起，戍角悲吟。予懷愴然，感慨今昔，因自度此曲。千岩老人以為有黍離之悲也。）：「淮左名都，竹西佳處，解鞍少駐初程。過春風十里，盡薺麥青青。自胡馬、窺江去後，廢池喬木，猶厭言兵。漸黃昏清角，吹寒都在空城。　杜郎俊賞，算而今、重到須驚。縱豆蔻詞工，青樓夢好，難賦深情。二十四橋仍在，波心蕩、冷月無聲。念橋邊紅藥，年年知為誰生？」（據《白石道人歌曲》卷五）

2 姜夔〈點絳唇〉（丁未冬過吳松作）：「燕雁無心，太湖西畔隨雲去。數峰

清苦，商略黃昏雨。　第四橋邊，擬共天隨住。今何許？憑欄懷古，殘柳參差舞。」（據《白石道人歌曲》卷三）

3 姜夔〈惜紅衣〉詞。已見頁三七注。「高柳」，汲古閣本、四印齋本、榆園本均作「高樹」。觀堂所引本此。【按：《花庵詞選》亦作「高樹」。】

四〇

問「隔」與「不隔」之別，曰：陶、謝之詩不隔，延年則稍隔矣。東坡之詩不隔，山谷則稍隔矣。「池塘生春草」[1]、「空梁落燕泥」[2]等二句，妙處唯在不隔。詞亦如是。即以一人一詞論，如歐陽公〈少年遊〉詠春草上半闋云：「欄杆十二獨憑春，晴碧遠連雲。千里萬里，二月三月（此兩句原倒置），行色苦愁人。」語語都在目前，便是不隔。至云：「謝家池上，江淹浦畔」[3]，則隔矣。白石〈翠樓吟〉：「此地。宜有詞仙，擁素雲黃鶴，與君遊戲。玉梯凝望久，歎芳草、萋萋千里。」便是不隔。至「酒祓清愁，花消英氣」[4]，則隔矣。然南宋詞雖不隔處，比之前人，自有淺深厚薄之別。

1 謝靈運〈登池上樓〉：「潛虯媚幽姿，飛鴻響遠音。薄霄愧雲浮，棲川怍淵沉。進德智所拙，退耕力不任。徇祿反窮海，臥痾對空林。衾枕昧節候，褰開暫窺臨。傾耳聆波瀾，舉目眺嶇嶔。初景革緒風，新陽改故陰。池塘生春草，園柳變鳴禽。祁祁傷豳歌，萋萋感楚吟。索居易永久，離群難處心。持

操豈獨古，無悶徵在今。」（據胡刻《文選》卷二十二）

2　薛道衡〈昔昔鹽〉：「垂柳覆金堤，蘼蕪葉復齊。水溢芙蓉沼，花飛桃李蹊。採桑秦氏女，織錦竇家妻。關山別蕩子，風月守空閨。恒斂千金笑，長垂雙玉啼。盤龍隨鏡隱，彩鳳逐帷低。飛魂同夜鵲，倦寢憶晨雞。暗牖懸蛛網，空梁落燕泥。前年過代北，今歲往遼西。一去無消息，那能惜馬蹄。」（據《四部叢刊》本《樂府詩集》卷七十九）

3　歐陽修〈少年遊〉詞，已見頁二三注。

4　姜夔〈翠樓吟〉（淳熙丙午冬，武昌安遠樓成，與劉去非諸友落之，度曲見志。予去武昌十年，故人有泊舟鸚鵡洲者，聞小姬歌此詞。問之，頗能道其事。還吳，為予言之。與懷昔遊，且傷今之離索也。）：「月冷龍沙，塵清虎落，今年漢酺初賜。新翻胡部曲，聽氈幕、元戎歌吹。層樓高峙。看檻曲縈紅，簷牙飛翠。人姝麗。粉香吹下，夜寒風細。　此地。宜有詞仙，擁素雲黃鶴，與君遊戲。玉梯凝望久，歎芳草、萋萋千里。天涯情味。仗酒祓清愁，花銷英氣。西山外。晚來還卷，一簾秋霽。」（據《白石道人歌曲》卷六）

四一

「生年不滿百，常懷千歲憂。晝短苦夜長，何不秉燭遊？」[1]「服食求神仙，多爲藥所誤。不如飲美酒，被服紈與素。」[2]寫情如此，方爲不隔。「採菊東籬下，悠然見南山。山氣日夕佳，飛鳥相與還。」[3]「天似穹廬，籠蓋四野。天蒼蒼。野茫茫。風吹草低見牛羊。」[4]寫景如此，方爲不隔。

1 《古詩十九首》第十五：「生年不滿百，常懷千歲憂。晝短苦夜長，何不秉燭遊？為樂當及時，何能待來茲。愚者愛惜費，但為後世嗤。仙人王子喬，難可與等期。」（據《文選》卷二十九）

2 《古詩十九首》第十三：「驅車上東門，遙望郭北墓。白楊何蕭蕭，松柏夾廣路。下有陳死人，杳杳即長暮。潛寐黃泉下，千載永不寤。浩浩陰陽移，年命如朝露。人生忽如寄，壽無金石固。萬歲更相送，聖賢莫能度。服食求神仙，多為藥所誤。不如飲美酒，被服紈與素。」（據《文選》卷二十九）

3 陶潛〈飲酒〉詩，已見頁四注。

4 斛律金〈敕勒歌〉：「敕勒川，陰山下。天似穹廬，籠蓋四野。天蒼蒼。野茫茫。風吹草低見牛羊。」（據《樂府詩集》卷八十六）

四二

古今詞人格調之高，無如白石。惜不於意境上用力，故覺無言外之味，弦外之響，終不能與於第一流之作者也。

四三

南宋詞人，白石有格而無情，劍南有氣而乏韻。其堪與北宋人頡頏者，唯一幼安耳。近人祖南宋而祧北宋，以南宋之詞可學，北宋不可學也。學南宋者，不祖白石，則祖夢窗，以白石、夢窗可學，幼安不可學也。學幼安者率祖其粗獷、滑稽，以其粗獷、滑稽處可學，佳處不可學也。幼安之佳處，在有性情，有境界。即以氣象論，亦有「橫素波、干青雲」[1]之概，寧後世齷齪小生所可擬耶？

1 蕭統《陶淵明集・序》：其文章「橫素波而傍流，干青雲而直上」。

四四

東坡之詞曠，稼軒之詞豪。無二人之胸襟而學其詞，猶東施之效捧心也。

四五

讀東坡、稼軒詞，須觀其雅量高致，有伯夷、柳下惠之風。白石雖似蟬蛻塵埃，然終不免局促轅下。

四六

蘇、辛，詞中之狂。白石猶不失為狷。若夢窗、梅溪、玉田、草窗、中（當作「西」，〈刪稿〉頁九八可證。）麓輩，面目不同，同歸於鄉愿而已。

四七

稼軒中秋飲酒達旦，用〈天問〉體作〈木蘭花慢〉[1]以送月，曰：「可憐今夕月，向何處、去悠悠？是別有人間，那邊才見，光景東頭。」詞人想像，直悟月輪繞地之理，與科學家密合，可謂神悟。

1 辛棄疾〈木蘭花慢〉（中秋飲酒將旦，客謂：前人詩詞，有賦待月，無送月者。因用〈天問〉體賦。）：「可憐今夕月，向何處、去悠悠？是別有人間，那邊才見，光景東頭。是天外空汗漫，但長風、浩浩送中秋。飛鏡無根誰繫？姮娥不嫁誰留？　謂經海底問無由。恍惚使人愁。怕萬里長鯨，縱橫觸破，玉殿瓊樓。蝦蟆故堪浴水，問云何、玉兔解沉浮？若道都齊無恙，云何漸漸如鉤？」（據《稼軒長短句》卷四）

四八

周介存謂：「梅溪詞中，喜用『偷』字，足以定其品格。」[1]劉融齋謂：「周旨蕩而史意貪。」[2]此二語令人解頤。

1 見周濟《介存齋論詞雜著》。

2 劉熙載《藝概》卷四〈詞曲概〉：「周美成律最精審。史邦卿句最警煉。然未得為君子之詞者，周旨蕩而史意貪也。」

四九

介存謂：夢窗詞之佳者，如「水光雲影，搖盪綠波，撫玩無極，追尋已遠」。余覽〈夢窗甲乙丙丁稿〉中，實無足當此者。有之，其「隔江人在雨聲中，晚風菰葉生秋怨」[1]二語乎？

1 吳文英〈踏莎行〉：「潤玉籠綃，檀櫻倚扇。繡圈猶帶脂香淺。榴心空疊舞裙紅，艾枝應壓愁鬟亂。　午夢千山，窗陰一箭。香瘢新褪紅絲腕。隔江人在雨聲中，晚風菰葉生秋怨。」（據《彊村叢書》本《夢窗詞集補》）

五〇

夢窗之詞，吾得取其詞中之一語以評之，曰：「映夢窗淩（當作『零』）亂碧。」[1] 玉田之詞，余得取其詞中之一語以評之，曰：「玉老田荒。」[2]

1 吳文英〈秋思〉（荷塘為括蒼名姝求賦其聽雨小閣）：「堆枕香鬟側。驟夜聲，偏稱畫屏秋色。風碎串珠，潤侵歌板，愁壓眉窄。動羅箑清商，寸心低訴敘怨抑。映夢窗零亂碧。待漲綠春深，落花香泛，料有斷紅流處，暗題相憶。　歡酌。簷花細滴。送故人、粉黛重飾。漏侵瓊瑟，丁東敲斷，弄晴月白。怕一曲〈霓裳〉未終，催去驂鳳翼。歎謝客猶未識。漫瘦卻東陽，鐙前無夢到得。路隔重雲雁北。」（據《彊村遺書》本《夢窗詞集》）

2 張炎〈祝英台近〉（與周草窗話舊）：「水痕深，花信足。寂寞漢南樹。轉首青陰，芳事頓如許。不知多少消魂，夜來風雨。猶夢到、斷紅流處。最無據。長年息影空山，愁入庾郎句。玉老田荒，心事已遲暮。幾回聽得啼鵑，不如歸去。終不似、舊時鸚鵡。」（據《彊村叢書》本《山中白雲》卷二）

五一

「明月照積雪」[1]、「大江流日夜」[2]、「中天懸明月」[3]、「黃（當作『長』）河落日圓」[4]，此種境界，可謂千古壯觀。求之於詞，唯納蘭容若塞上之作，如〈長相思〉之「夜深千帳燈」，〈如夢令〉之「萬帳穹廬人醉，星影搖搖欲墜」[5]差近之。

1 謝靈運〈歲暮〉：「殷憂不能寐，苦此夜難頹。明月照積雪，朔風勁且哀。運往無淹物，年逝覺已催。」（據《百三名家集》本《謝康樂集》卷二）

2 謝朓《暫使下都夜發新林至京邑贈西府同僚》：「大江流日夜，客心悲未央。徒念關山近，終知反路長。秋河曙耿耿，寒渚夜蒼蒼。引顧見京室，宮雉正相望。金波麗鳷鵲，玉繩低建章。驅車鼎門外，思見昭丘陽。馳暉不可接，何況隔兩鄉？風雲有鳥路，江漢限無梁。常恐鷹隼擊，時菊委嚴霜。寄言罻羅者，寥廓已高翔。」（據《文選》卷二十六）

3 杜甫〈後出塞〉，已見頁七注。

4 王維〈使至塞上〉：「單車欲問邊，屬國過居延。征蓬出漢塞，歸雁入胡天。大漠孤煙直，長河落日圓。蕭關逢候騎，都護在燕然。」（據《四部備要》本《王右丞集》卷九）

5 納蘭性德〈長相思〉：「山一程，水一程。身向榆關那畔行，夜深千帳燈。　風一更，雪一更。聒碎鄉心夢不成，故園無此聲。」（據《清名家詞》本《通志堂詞》）又〈如夢令〉：「萬帳穹廬人醉，星影搖搖欲墜。歸夢隔狼河，又被河聲攪碎。還睡，還睡。解道醒來無味。」（據《通志堂詞・集外詞》）

五二

納蘭容若以自然之眼觀物，以自然之舌言情。此由初入中原，未染漢人風氣，故能眞切如此。北宋以來，一人而已。

五三

陸放翁跋《花間集》，謂：「唐季五代，詩愈卑，而倚聲者輒簡古可愛。能此不能彼，未可（當作『易』）**以理推也。」《提要》駁之，謂：「猶能舉七十斤者，舉百斤則蹶，舉五十斤則運掉自如。」[1]其言甚辨。然謂詞必易於詩，余未敢信。善乎陳臥子之言曰：「宋人不知詩而強作詩，故終宋之世無詩。然其歡愉愁苦**（當作『怨』）**之致，動於中而不能抑者，類發於詩餘，故其所造獨工。」[2]五代詞之所以獨勝，亦以此也。**

1 《四庫提要》集部詞曲類一《花間集》：「後有陸游二跋。……其二稱：『唐季五代，詩愈卑，而倚聲者輒簡古可愛。能此不能彼，未易以理推也。』不知文之體格有高卑，人之學力有強弱。學力不足副其體格，則舉之不足。學力足以副其體格，則舉之有餘。律詩降於古詩，故中晚唐古詩多不工，而律詩則時有佳作。詞又降於律詩，故五季人詩不及唐，詞乃獨勝。此猶能舉七十斤者，舉百斤則蹶，舉五十斤則運掉自如，有何不可理推乎？」

2

陳子龍《王介人詩餘・序》：「宋人不知詩而強作詩。其為詩也，言理而不言情，故終宋之世無詩焉。然宋人亦不免於有情也。故凡其歡愉愁怨之致，動於中而不能抑者，類發於詩餘。故其所造獨工，非後世可及。蓋以沉至之思而出之必淺近，使讀之者驟遇如在耳目之表，久誦而得沉永之趣，則用意難也。以儇利之詞，而制之實工煉，使篇無累句，句無累字，圓潤明密，言如貫珠，則鑄詞難也。其為體也纖弱，所謂明珠翠羽，尚嫌其重，何況龍鸞？必有鮮妍之姿，而不藉粉澤，則設色難也。其為境也婉媚，雖以警露取妍，實貴含蓄，有餘不盡，時在低徊唱歎之際，則命篇難也。惟宋人專力事之，篇什既多，觸景皆會。天機所啓，若出自然。雖高談大雅，而亦覺其不可廢。何則？物有獨至，小道可觀也。」

五四

四言敝而有《楚辭》，《楚辭》敝而有五言，五言敝而有七言，古詩敝而有律絕，律絕敝而有詞。蓋文體通行既久，染指遂多，自成習套。豪傑之士，亦難於其中自出新意，故遁而作他體，以自解脫。一切文體所以始盛終衰者，皆由於此。故謂文學後不如前，余未敢信。但就一體論，則此說固無以易也。

五五

詩之《三百篇》、《十九首》，詞之五代、北宋，皆無題也。非無題也，詩詞中之意，不能以題盡之也。自《花庵》、《草堂》每調立題，併古人無題之詞亦為之作題。如觀一幅佳山水，而即曰此某山某河，可乎？詩有題而詩亡，詞有題而詞亡，然中材之士，鮮能知此而自振拔者矣。

五六

大家之作，其言情也必沁人心脾，其寫景也必豁人耳目。其辭脫口而出，無矯揉妝束之態。以其所見者眞，所知者深也。詩詞皆然。持此以衡古今之作者，可無大誤也。

五七

人能於詩詞中不爲美刺投贈之篇，不使隸事之句，不用粉飾之字，則於此道已過半矣。

五八

以〈長恨歌〉之壯采，而所隸之事，只「小玉、雙成」四字，才有餘也。梅村歌行，則非隸事不辦[1]。白、吳優劣，即於此見。不獨作詩爲然，塡詞家亦不可不知也。

1 白居易〈長恨歌〉有「轉教小玉報雙成」句為隸事。至吳偉業之〈圓圓曲〉，則入手即用「鼎湖」事，以下隸事句不勝指數。

五九

近體詩體制，以五七言絕句爲最尊，律詩次之，排律最下。蓋此體於寄興言情，兩無所當，殆有均之駢體文耳。詞中小令如絕句，長調似律詩，若長調之〈百字令〉、〈沁園春〉等，則近於排律矣。

六〇

詩人對宇宙人生，須入乎其內，又須出乎其外。入乎其內，故能寫之。出乎其外，故能觀之。入乎其內，故有生氣。出乎其外，故有高致。美成能入而不出。白石以降，於此二事皆未夢見。

六一

詩人必有輕視外物之意，故能以奴僕命風月。又必有重視外物之意，故能與花鳥共憂樂。

六二

「昔爲倡家女，今爲蕩子婦。蕩子行不歸，空床難獨守。」[1]「何不策高足，先據要路津？無爲久貧（當作『守窮』）賤，轗軻長苦辛。」[2]可謂淫鄙之尤。然無視爲淫詞、鄙詞者，以其眞也。五代、北宋之大詞人亦然。非無淫詞，讀之者但覺其親切動人。非無鄙詞，但覺其精力彌滿。可知淫詞與鄙詞之病，非淫與鄙之病，而遊詞[3]之病也。「豈不爾思，室是遠而。」而子曰：「未之思也，夫何遠之有？」[4]惡其遊也。

1 《古詩十九首》第二：「青青河畔草，鬱鬱園中柳。盈盈樓上女，皎皎當窗牖。娥娥紅粉妝，纖纖出素手。昔為倡家女，今為蕩子婦。蕩子行不歸，空床難獨守。」（據《文選》卷二十九）

2 《古詩十九首》第四：「今日良宴會，歡樂難具陳。彈箏奮逸響，新聲妙入神。令德唱高言，識曲聽其真。齊心同所願，含意俱未申。人生寄一世，奄忽若飆塵。何不策高足，先據要路津？無為守窮賤，轗軻長苦辛。」（據

《文選》卷二十九）

3 金應珪《詞選・後序》：「規模物類，依託歌舞。哀樂不衷其性，慮歎無與乎情。連章累篇，義不出乎花鳥。感物指事，理不外乎酬應。雖既雅而不豔，斯有句而無章。是謂游詞。」

4 《論語・子罕》：「唐棣之華，偏其反而。豈不爾思，室是遠而。子曰：未之思也，夫何遠之有？」

六三

「枯藤老樹昏鴉。小橋流水平沙[1]。古道西風瘦馬。夕陽西下。斷腸人在天涯。」此元人馬東籬〈天淨沙〉小令也。寥寥數語，深得唐人絕句妙境。有元一代詞家，皆不能辦此也。

1 按此曲見諸元刊本《樂府新聲》卷中、元刊本周德清《中原音韻定格》、明刊本蔣仲舒《堯山堂外紀》卷六十八、明刊本張祿《詞林摘豔》及《知不足齋叢書》本盛如梓《庶齋老學叢談》等書者，「平沙」均作「人家」，即觀堂《宋元戲曲考》所引亦同。惟《歷代詩餘》則作「平沙」，又「西風」作「淒風」，蓋欲避去複字耳。觀堂此處所引，殆即本《詩餘》也。

六四

白仁甫《秋夜梧桐雨》劇，沉雄悲壯，爲元曲冠冕。然所作〈天籟詞〉，粗淺之甚，不足爲稼軒奴隸。豈創者易工，而因者難巧歟？抑人各有能有不能也？讀者觀歐、秦之詩遠不如詞，足透此中消息。

宣統庚戌九月脱稿於京師宣武城南寓廬

人間詞話 刪稿

一

白石之詞，余所最愛者，亦僅二語，曰：「淮南皓月冷千山，冥冥歸去無人管。」[1]

1 姜夔〈踏莎行〉（自沔東來。丁未元日至金陵，江上感夢而作。）：「燕燕輕盈，鶯鶯嬌軟。分明又向華胥見。夜長爭得薄情知，春初早被相思染。　別後書辭，別時針線。離魂暗逐郎行遠。淮南皓月冷千山，冥冥歸去無人管。」（據《白石道人歌曲》卷三）【按：此則原稿在前詞話第四九則之後，故云：「亦僅二語。」】

二

雙聲、疊韻之論，盛於六朝，唐人猶多用之。至宋以後，則漸不講，並不知二者爲何物。乾嘉間，吾鄉周松靄先生（春）著《杜詩雙聲疊韻譜括略》，正千餘年之誤，可謂有功文苑者矣。其言曰：「兩字同母謂之雙聲，兩字同韻謂之疊韻。」余按用今日各國文法通用之語表之，則兩字同一子音者謂之雙聲。如《南史・羊元保傳》之「官家恨狹，更廣八分」，「官家更廣」四字，皆從「k」得聲。《洛陽伽藍記》之「獰奴慢罵」，「獰奴」二字，皆從「n」得聲。「慢罵」二字，皆從「m」得聲也。兩字同一母音者，謂之疊韻。如梁武帝「後牖有朽柳」，「後牖有」三字，雙聲而兼疊韻。「有朽柳」三字，其母音皆爲「u」。劉孝綽之「梁皇長康強」，「梁長強」三字，其母音皆爲「iɑn」也[1]。自李淑《詩苑》僞造沈約之說，以雙聲疊韻爲詩中八病之二[2]，後世詩家多廢而不講，亦不復用之於詞。余謂苟於詞之蕩漾處多用疊韻，促節處用雙聲，則其鏗鏘可誦，必有過於前人者。惜世之專講音律者，尚未悟此也！【按：此則在原稿內已刪去。】

1 葛立方《韻語陽秋》卷四引陸龜蒙詩序：「疊韻起自梁武帝，云：『後牖有朽柳。』當時侍從之臣皆倡和。劉孝綽云：『梁王長康強。』沈休文云：『偏眠船舷邊。』庾肩吾云：『載碓每礙埭。』自後用此體作為小詩者多矣。」

2 周春《杜詩雙聲疊韻譜括略》七引李淑《詩苑》：「梁沈約云：『詩病有八……七曰旁紐，八曰正紐。』」（謂十字內兩字雙聲為「正紐」，若不共一字而有雙聲為「旁紐」，如「流六」為正紐，「流柳」為旁紐。）周春案：「正紐、旁紐，皆指雙聲而言。觀神珙之圖，自可悟入。若此注所云，則旁紐即疊韻矣，非。」

三

世人但知雙聲之不拘四聲，不知疊韻亦不拘平、上、去三聲。凡字之同母者，雖平仄有殊，皆疊韻也。【按：原稿此則已刪去。今補。】

四

詩至唐中葉以後，殆爲羔雁之具矣。故五代、北宋之詩，佳者絕少，而詞則爲其極盛時代。即詩詞兼擅如永叔、少游者，詞勝於詩遠甚。以其寫之於詩者，不若寫之於詞者之眞也。至南宋以後，詞亦爲羔雁之具，而詞亦替矣。（〈文學小言〉十三此下有「除稼軒一人外」六字注。）此亦文學升降之一關鍵也。

五

曾純甫中秋應制，作〈壺中天慢〉詞[1]，自注云：「是夜，西興亦聞天樂。」謂宮中樂聲，聞於隔岸也。毛子晉謂：「天神亦不以人廢言。」[2]近馮夢華復辨其誣[3]。不解「天樂」二字文義，殊笑人也！【按：曾覿此詞，原為《海野詞》所未載，殆毛晉據《武林舊事》卷七補錄。調名下小字注，亦出自《武林舊事》，實非曾覿自注。】

1 曾覿〈壺中天慢〉（此進御月詞也。上皇大喜曰：「從來月詞，不曾用『金甌』事，可謂新奇。」賜金束帶、紫番羅、水晶碗。上亦賜寶盞。至一更五點還宮。是夜，西興亦聞天樂焉。）：「素飆漾碧，看天衢穩送，一輪明月。翠水瀛壺人不到，比似世間秋別。玉手瑤笙，一時同色，小按〈霓裳〉疊。天津橋上，有人偷記新闋。　當日誰幻銀橋？阿瞞兒戲，一笑成癡絕。肯信群仙高宴處，移下水晶宮闕。雲海塵清，山河影滿，桂冷吹香雪。何勞玉斧，金甌千古無缺。」（據汲古閣本《海野詞》）

2 《宋六十名家詞》。毛晉跋《海野詞》：「進月詞，一夕西興，共聞天樂，豈天神亦不以人廢言耶？」

3 馮煦《宋六十一家詞選．例言》：「曾純甫賦進御月詞，其自記云：『是夜，西興亦聞天樂。』子晉遂謂天神亦不以人廢言。不知宋人每好自神其說。白石道人尚欲以巢湖風駛歸功於平調〈滿江紅〉，於海野何譏焉？」

六

北宋名家以方回為最次。其詞如歷下、新城之詩，非不華贍，惜少眞味。

七

散文易學而難工，駢文難學而易工。近體詩易學而難工，古體詩難學而易工。小令易學而難工，長調難學而易工。

八

古詩云：「誰能思不歌？誰能饑不食？」[1]詩詞者，物之不得其平而鳴者也。故歡愉之辭難工，愁苦之言易巧。

1 晉宋齊辭〈子夜歌〉：「誰能思不歌？誰能饑不食？日冥當戶倚，惆悵底不憶？」（據《樂府詩集》卷四十四）

九

社會上之習慣，殺許多之善人。文學上之習慣，殺許多之天才。

一〇

昔人論詩詞，有景語、情語之別。不知一切景語，皆情語也。【按：原稿此則已刪去。】

一一

詞家多以景寓情。其專作情語而絕妙者，如牛嶠之「甘（當作『須』）作一生拚，盡君今日歡」[1]，顧夐之「換我心爲你心，始知相憶深」[2]，歐陽修之「衣帶漸寬終不悔，爲伊消得人憔悴」[3]，美成之「許多煩惱，只爲當時，一餉留情」[4]，此等詞求之古今人詞中，曾不多見。

1 牛嶠〈菩薩蠻〉：「玉爐冰簟鴛鴦錦，粉融香汗流山枕。簾外轆轤聲，斂眉含笑驚。 柳陰煙漠漠，低鬢蟬釵落。須作一生拚，盡君今日歡。」（據觀堂自輯本《牛給事詞》）

2 顧夐〈訴衷情〉：「永夜拋人何處去？絕來音。香閣掩，眉斂，月將沉。爭忍不相尋？怨孤衾。換我心為你心，始知相憶深。」（據觀堂自輯本《顧太尉詞》）

3 柳永〈鳳棲梧〉詞，已見前頁二七注。此詞又誤入《歐陽文忠公近體樂府》及《醉翁琴趣外編》（俱雙照樓景宋本），惟汲古閣本《六一詞》則已刪去。【按：參閱下第四二則。】

4 周邦彥〈慶宮春〉：「雲接平岡，山圍寒野，路回漸轉孤城。衰柳啼鴉，驚風驅雁，動人一片秋聲。倦途休駕，淡煙裡，微茫見星。塵埃憔悴，生怕黃昏，離思牽縈。　華堂舊日逢迎。花豔參差，香霧飄零。弦管當頭，偏憐嬌鳳，夜深簧暖笙清。眼波傳意，恨密約匆匆未成。許多煩惱，只為當時，一餉留情。」（據《清真集》卷下）

一二

詞之爲體，要眇宜修。能言詩之所不能言，而不能盡言詩之所能言。詩之境闊，詞之言長。

一三

言氣質，言神韻，不如言境界。有境界，本也。氣質、神韻，末也。有境界而二者隨之矣。

一四

「西（當作『秋』）風吹渭水，落日（當作『葉』）滿長安。」[1]美成以之入詞[2]，白仁甫以之入曲[3]，此借古人之境界爲我之境界者也。然非自有境界，古人亦不爲我用。

1 賈島〈憶江上吳處士〉：「閩國揚帆去，蟾蜍虧復圓。秋風吹渭水，落葉滿長安。此夜聚會夕，當時雷雨寒。蘭橈殊未返，消息海雲端。」（據《畿輔叢書》本《長江集》卷五）

2 周邦彥〈齊天樂〉（秋思）：「綠蕪凋盡臺城路，殊鄉又逢秋晚。暮雨生寒，鳴蛩勸織，深閣時聞裁剪。雲窗靜掩。歎重拂羅茵，頓疏花簟。尚有練囊，露螢清夜照書卷。　荊江留滯最久，故人相望處，離思何限？渭水西風，長安亂葉，空憶詩情宛轉。憑高眺遠。正玉液新篘，蟹螯初薦。醉倒山翁，但愁斜照斂。」（據《清真集》卷下）

3 白樸〈雙調・德勝樂〉（秋）：「玉露冷，蛩吟砌。聽落葉西風渭水。寒雁

兒長空嘹唳。陶元亮醉在東籬。」（據《散曲叢刊》本《陽春白雪補集》）

又《梧桐雨》雜劇第二折《普天樂》：「恨無窮，愁無限。爭奈倉卒之際，避不得驀嶺登山。鑾駕遷。成都盼。更那堪瀘水西飛雁，一聲聲送上雕鞍。傷心故園。西風渭水，落日長安。」（據《元明雜劇》本）

一五

長調自以周、柳、蘇、辛爲最工。美成〈浪淘沙慢〉二詞[1]，精壯頓挫，已開北曲之先聲。若屯田之〈八聲甘州〉[2]，東坡之〈水調歌頭〉[3]，則佇興之作，格高千古，不能以常調論也。

1 周邦彥〈浪淘沙慢〉：「晝陰重，霜凋岸草，霧隱城堞。南陌脂車待發，東門帳飲乍闋。正拂面、垂楊堪攬結。掩紅淚，玉手親折。念漢浦離鴻去何許，經時信音絕。　情切。望中地遠天闊。向露冷風清、無人處，耿耿寒漏咽。嗟萬事難忘，唯是輕別。翠樽未竭。憑斷雲留取，西樓殘月。　羅帶光銷紋衾疊。連環解，舊香頓歇。怨歌永，瓊壺敲盡缺。恨春去，不與人期，弄夜色，空餘滿地梨花雪。」（據《清真集》卷上）

又一闋：「萬葉戰，秋聲露結，雁度砂磧。細草和煙尚綠，遙山向晚更碧。見隱隱、雲邊新月白。映落照、簾幕千家，聽數聲、何處倚樓笛。裝點盡秋色。　脈脈。旅情暗自消釋。念珠玉、臨水猶悲感，何況天涯客？憶少年歌酒，當時蹤跡。歲華易老，衣頻寬，懊惱心腸終窄。飛散後、風流人阻。藍橋約、悵恨路隔。馬蹄過，猶嘶舊巷陌。歎往事，一一堪傷，曠望極。凝思又把欄杆拍。」（據《清真集．補遺》）

2 柳永〈八聲甘州〉：「對瀟瀟、暮雨灑江天，一番洗清秋。漸霜風淒慘，關河冷落，殘照當樓。是處紅衰翠減，苒苒物華休。惟有長江水，無語東流。不忍登高臨遠，望故鄉渺邈，歸思難收。歎年來蹤跡，何事苦淹留。想佳人、妝樓顒望，誤幾回、天際識歸舟。爭知我、倚欄杆處，正恁凝愁。」（據《彊村叢書》本《樂章集》下卷）

3 蘇軾〈水調歌頭〉（丙辰中秋，歡飲達旦，大醉。作此篇，兼懷子由。）：「明月幾時有？把酒問青天。不知天上宮闕，今夕是何年？我欲乘風歸去，惟恐瓊樓玉宇，高處不勝寒。起舞弄清影，何似在人間。轉朱閣，低綺户，照無眠。不應有恨，何事長向別時圓？人有悲歡離合，月有陰晴圓缺，此事古難全。但願人長久，千里共嬋娟。」（據《東坡樂府箋》卷一）

一六

稼軒〈賀新郎〉詞「送茂嘉十二弟」[1]，章法絕妙。且語語有境界，此能品而幾於神者。然非有意爲之，故後人不能學也。

1 辛棄疾〈賀新郎〉（別茂嘉十二弟）：「綠樹聽鵜鴂。更那堪鷓鴣聲住，杜鵑聲切！啼到春歸無尋處，苦恨芳菲都歇。算未抵人間離別。馬上琵琶關塞黑，更長門翠輦辭金闕。看燕燕，送歸妾。　將軍百戰身名烈。向河梁、回頭萬里，故人長絕。易水蕭蕭西風冷，滿座衣冠似雪。正壯士悲歌未徹。啼鳥還知如許恨，料不啼清淚長啼血。誰共我，醉明月？」（據《稼軒長短句》卷一）【按：元大德本「身名烈」作「身名裂」，較是。】

一七

稼軒〈賀新郎〉詞：「柳暗淩波路。送春歸猛風暴雨，一番新綠。」[1]又〈定風波〉詞：「從此酒酣明月夜。耳熱。」[2]「綠」「熱」二字，皆作上去用。與韓玉〈東浦詞·賀新郎〉[3]以「玉」「曲」葉「注」「女」，〈卜算子〉[4]以「夜」「謝」葉「食」「月」（按「食」當作「節」，「食」在詞中既非韻，在詞韻中與「月」又非同部，想係筆誤）**，已開北曲四聲通押之祖。**

1 辛棄疾〈賀新郎〉：「柳暗凌波路。送春歸猛風暴雨，一番新綠。千里瀟湘葡萄漲，人解扁舟欲去。又檣燕留人相語。艇子飛來生塵步，唾花寒唱我新番句。波似箭，催鳴櫓。　黃陵祠下山無數。聽湘娥、泠泠曲罷，為誰情苦。行到東吳春已暮。正江闊潮平穩渡。望金雀觚稜翔舞。前度劉郎今重到，問玄都千樹花存否？愁為倩，麼弦訴。」（據《稼軒長短句》卷一）

2 辛棄疾〈定風波〉（自和）：「金印累累佩陸離，河梁更賦斷腸詩。莫擁旌旗真個去。何處。玉堂元自要論思。　且約風流三學士。同醉。春風看試

幾槍旗。從此酒酣明月夜。耳熱。那邊應是説儂時。」（據《稼軒長短句》卷八）

3

韓玉〈賀新郎〉（詠水仙）：「綽約人如玉。試新妝嬌黃半綠，漢宮匀注。倚傍小欄閑凝佇，翠帶風前似舞。記洛浦當年儔侶。羅襪塵生香冉冉，料征鴻微步凌波女。驚夢斷，楚江曲。　春工若見應為主。忍教都、閑亭邃館，冷風淒雨。待把此花都折取，和淚連香寄與。須通道離情如許。煙水茫茫斜照裡，是騷人〈九辯〉招魂處。千古恨，與誰語？」（據汲古閣本《東浦詞》）

4

韓玉〈卜算子〉：「楊柳綠成陰，初過寒食節。門掩金鋪獨自眠，那更□寒夜。　強起立東風，慘慘梨花謝。何事王孫不早歸？寂寞秋千月。」（據《東浦詞》）【按：據汲古閣抄本《東浦詞》，上片第四句方空乃「逢」字。】

一八

譚復堂《篋中詞選》謂：「蔣鹿潭〈水雲樓詞〉與成容若、項蓮生，二一（原作『三』，依《篋中詞》卷五改。）百年間，分鼎三足。」然〈水雲樓詞〉小令頗有境界，長調惟存氣格。〈憶雲詞〉精實有餘，超逸不足，皆不足與容若比。然視皋文、止庵輩，則倜乎遠矣。

一九

詞家時代之說，盛於國初。竹垞謂：詞至北宋而大，至南宋而深[1]。後此詞人，群奉其說。然其中亦非無具眼者。周保緒曰：「南宋下不犯北宋拙率之病，高不到北宋渾涵之詣。」又曰：「北宋詞多就景敘情，故珠圓玉潤，四照玲瓏。至稼軒、白石，一變而為即事敘景，使深者反淺，曲者反直。」[2]潘四農德輿曰：「詞濫觴於唐，暢於五代，而意格之閎深曲摯，則莫盛於北宋。詞之有北宋，猶詩之有盛唐。至南宋則稍衰矣。」[3]劉融齋熙載曰：「北宋詞用密亦疏、用隱亦亮、用沉亦快、用細亦闊、用精亦渾。南宋只是掉轉過來。」[4]可知此事自有公論。雖止庵詞頗淺薄，潘、劉尤甚。然其推尊北宋，則與明季雲間諸公，同一卓識也。

1 朱彝尊《詞綜發凡》：「世人言詞，必稱北宋。然詞至南宋始極其工，至宋季而始極其變。」

2 見周濟《介存齋論詞雜著》。

3 見潘德輿《養一齋集》卷二十二〈與葉生名灃書〉。

4 見劉熙載《藝概》卷四〈詞曲概〉。

二〇

唐五代北宋之詞，可謂生香眞色。若雲間諸公，則彩花耳。湘眞且然，況其次也者乎？

二一

《衍波詞》之佳者，頗似賀方回。雖不及容若，要在浙中諸子【按：據原稿「浙中諸子」四字作「錫鬯、其年」。】之上。

二二

近人詞如《復堂詞》之深婉，《彊村詞》之隱秀，皆在半塘老人上。彊村學夢窗而情味較夢窗反勝。蓋有臨川、廬陵之高華，而濟以白石之疏越者。學人之詞，斯爲極則。然古人自然神妙處，尚未見及。

二三

宋直方（原作「尚木」，誤。案「徵輿」字「直方」，「尚木」乃「徵璧」字，因據改。）**〈蝶戀花〉：「新樣羅衣渾棄卻，猶尋舊日春衫著。」**[1]**譚復堂〈蝶戀花〉：「連理枝頭儂與汝，千花百草從渠許。」**[2]**可謂寄興深微。**

1 宋徵輿〈蝶戀花〉：「寶枕輕風秋夢薄。紅斂雙蛾，顛倒垂金雀。新樣羅衣渾棄卻，猶尋舊日春衫著。　偏是斷腸花不落。人苦傷心，鏡裡顏非昨。曾誤當初青女約，只今霜夜思量著。」（據《半廠叢書》本《篋中詞今集》卷一）

2 譚獻〈蝶戀花〉：「帳裡迷離香似霧。不燼爐灰，酒醒聞餘語。連理枝頭儂與汝，千花百草從渠許。　蓮子青青心獨苦。一唱將離，日日風兼雨。豆蔻香殘楊柳暮，當時人面無尋處。」（據《半廠叢書》本《復堂詞》）

二四

《半唐丁稿》中和馮正中〈鵲踏枝〉十闋，乃《鶩翁詞》之最精者。「望遠愁多休縱目」等闋，鬱伊惝恍，令人不能爲懷。《定稿》只存六闋，殊爲未允也。[1]

1 王鵬運〈鵲踏枝〉（馮正中〈鵲踏枝〉十四闋，鬱伊惝恍，義兼比興，蒙耆誦焉。春日端居，依次屬和。就均成詞，無關寄託，而章句尤為淩雜。憶雲生云：「不為無益之事，何以遣有涯之生？」三復前言，我懷如揭矣。時光緒丙申三月二十八日。錄十）：「落蕊殘陽紅片片。懊恨比鄰，盡日流鶯轉。似雪楊花吹又散，東風無力將春限。 慵把香羅裁便面。換到輕衫，歡意垂垂淺。襟上淚痕猶隱見，笛聲催按〈梁州遍〉。」其一。「斜日危欄凝佇久。問訊花枝，可是年時舊？濃睡朝朝如中酒，誰憐夢裡人消瘦。 香閣簾櫳煙閣柳。片霎氤氳，不信尋常有。休遣歌筵回舞袖，好懷珍重春三後。」其二。「譜到〈陽關〉聲欲裂。亭短亭長，楊柳那堪折。挑菜湔裙春事歇，帶羅羞指同心結。　千里孤光同皓月。畫角吹殘，風外還嗚咽。有限墜歡爭忍說，傷生第一生離別。」其三。「風蕩春雲羅樣薄。難得輕陰，芳事休閑卻。幾日啼鵑花又落，綠箋莫忘深深約。　老去吟情渾寂寞。細雨簷花，空憶燈前酌。隔院玉簫聲乍作。眼前何物供哀樂。」其四。「漫說目成心便許。無據楊花，風裡頻來去。悵望朱樓難寄語，傷春誰念司勳誤。　枉把遊絲牽弱縷。幾片閑雲，迷卻相思路。錦帳珠簾歌舞處，舊歡新恨思量否？」其五。「晝日懨懨驚夜短。片霎歡娛，那惜千金換。燕睨鶯顰春不管，敢辭弦索為君斷。　隱隱輕雷聞隔岸。暮雨朝霞，咫尺迷銀漢。獨對舞衣思舊伴，龍山極目煙塵滿。」其六。「望遠愁多休縱目。步繞珍叢，看筍將成竹。曉露暗垂珠簏簌，芳林一帶如新浴。　簷外春山森碧玉。夢裡驂鸞，記過清湘曲。自定新弦移雁足，弦聲未抵歸心促。」其七。「誰遣春韶隨水去。醉倒芳尊，忘卻朝和暮。換盡大堤芳草路，倡條都是相思樹。　蠟燭有心燈解語。淚盡唇焦，此恨消沉否。坐對東風憐弱絮，萍飄後日知何處。」其八。「對酒肯教歡意盡。醉醒懨懨，無那忺春困。錦字雙行箋別恨，淚珠界破殘妝粉。　　輕燕受風飛遠近。消息誰傳？盼斷烏衣信。曲幾無憀閑自隱。鏡奩心事孤鸞鬢。」其九。「幾見花飛能上樹。難繫流光，枉費垂楊縷。箏雁斜飛排錦柱。只伊不解將春去。　　漫詡心情黏地絮。容易飄颺，那不驚風雨。倚遍闌杆誰與語？思量有恨無人處。」其十。（據原刻本《半唐丁稿・鶩翁集》）按今《半唐定稿・鶩翁集》中存〈鵲踏枝〉六闋，計刪第三、第六、第七、第九共四闋。

二五

固哉，皋文之爲詞也！飛卿〈菩薩蠻〉、永叔〈蝶戀花〉、子瞻〈卜算子〉，皆興到之作，有何命意？皆被皋文深文羅織[1]。阮亭《花草蒙拾》謂：「坡公命宮磨蠍，生前爲王珪、舒亶輩所苦，身後又硬受此差排。」[2]由今觀之，受差排者，獨一坡公已耶？

1 溫庭筠〈菩薩蠻〉：「小山重疊金明滅，鬢雲欲度香腮雪。懶起畫蛾眉，弄妝梳洗遲。　照花前後鏡，花面交相映。新貼繡羅襦，雙雙金鷓鴣。」（據《金荃詞》）張惠言《詞選》評：「此感士不遇也。篇法仿佛〈長門賦〉。『照花』四句，《離騷》初服之意。」
歐陽修〈蝶戀花〉，即馮延巳之〈鵲踏枝〉（已見頁三注）。據唐圭璋先生考證，此詞為馮作。後亦收於歐陽集中，實誤。《詞選》評：「『庭院深深』，閨中既以邃遠也。『樓高不見』，哲王又不寤也。『章臺遊冶』，小人之徑。『雨橫風狂』，政令暴急也。『亂紅飛去』，斥逐者非一人而已，殆為韓、范作乎？」

蘇軾〈卜算子〉（黃州定慧院寓居作）：「缺月掛疏桐，漏斷人初靜。誰見幽人獨往來？縹緲孤鴻影。　驚起卻回頭，有恨無人省。揀盡寒枝不肯棲，寂寞沙洲冷。」（據《東坡樂府箋》卷二）《詞選》評：「此東坡在黃州作。鮦陽居士云：『缺月』，刺明微也。『漏斷』，暗時也。『幽人』，不得志也。『獨往來』，無助也。『驚鴻』，賢人不安也。『回頭』，愛君不忘也。『無人省』，君不察也。『揀盡寒枝不肯棲』，不偷安於高位也。『寂寞沙洲冷』，非所安也。此詞與〈考槃〉詩極相似。」【按：鮦陽居士語見《唐宋諸賢絕妙詞選》卷二。】

2

王士禛《花草蒙拾》：「僕嘗戲謂：坡公命宮磨蠍，湖州詩案，生前為王珪、舒亶輩所苦，身後又硬受此差排耶？」

二六

賀黃公謂：「姜論史詞，不稱其『軟語商量』，而賞（原作『稱』，依《詞筌》改。）**其『柳昏花暝』，固知不免項羽學兵法之恨。」**[1] **然「柳昏花暝」，自是歐、秦輩句法，前後有畫工化工之殊。吾從白石，不能附和黃公矣。**

1 賀黃公語，見賀裳《皺水軒詞筌》。姜論史詞，見《中興以來絕妙詞選》卷七所引。「軟語商量」、「柳昏花暝」，係史達祖〈雙雙燕〉（詠燕）句，已見頁三九注。

二七

「池塘春草謝家春，萬古千秋五字新。傳語閉門陳正字，可憐無補費精神。」此遺山論詩絕句也。夢窗、玉田輩，當不樂聞此語。

二八

朱子《清邃閣論詩》謂：「古人詩中（原無『詩中』兩字，依《朱子大全》增。）有句，今人詩更無句，只是一直說將去。這般詩（原無『詩』字）一日作百首也得。」余謂北宋之詞有句，南宋以後便無句。如玉田、草窗之詞，所謂「一日作百首也得」者也。

二九

朱子謂：「梅聖俞詩，不是平淡，乃是枯槁。」[1]余謂草窗、玉田之詞亦然。

1 朱子語見《清邃閣論詩》。

三〇

「自憐詩酒瘦，難應接，許多春色。」[1]「能幾番遊？看花又是明年。」[2]此等語亦算警句耶？乃值如許筆力！

1 史達祖〈喜遷鶯〉：「月波疑滴，望玉壺天近，了無塵隔。翠眼圈花，冰絲織練，黃道寶光相直。自憐詩酒瘦，難應接，許多春色。最無賴，是隨香趁燭，曾伴狂客。　蹤跡。謾記憶。老了杜郎，忍聽東風笛。柳院燈疏，梅廳雪在，誰與細傾春碧。舊情拘未定，猶自學、當年遊歷。怕萬一，誤玉人夜寒簾隙。」（據《梅溪詞》）

2 張炎〈高陽臺〉（西湖春感）：「接葉巢鶯，平波卷絮，斷橋斜日歸船。能幾番遊？看花又是明年。東風且伴薔薇住，到薔薇春已堪憐。更淒然。萬綠西泠，一抹荒煙。　當年燕子知何處？但苔深韋曲，草暗斜川。見說新愁，如今也到鷗邊。無心再續笙歌夢，掩重門、淺醉閑眠。莫開簾。怕見飛花，怕聽啼鵑。」（據《山中白雲》卷一）

三一

文文山詞，風骨甚高，亦有境界，遠在聖與、叔夏、公謹諸公之上。亦如明初誠意伯詞，非季迪、孟載諸人所敢望也。

三二

和凝〈長命女〉詞：「天欲曉。宮漏穿花聲繚繞，窗裡星光少。　冷霞寒侵帳額，殘月光沉樹杪。夢斷錦闈空悄悄。強起愁眉小。」此詞前半，不減夏英公〈喜遷鶯〉也[1]。

1　夏竦〈喜遷鶯〉詞，見前頁九注。

三三

宋李希聲《詩話》曰：「唐（當作『古』）人作詩，正以風調高古爲主。雖意遠語疏，皆爲佳作。後人有切近的當、氣格凡下者，終使人可憎。」[1] 余謂北宋詞亦不妨疏遠。若梅溪以降，正所謂「切近的當、氣格凡下」者也。

1　見魏慶之《詩人玉屑》卷十引。

三四

自竹垞痛貶《草堂詩餘》而推《絕妙好詞》[1]，後人群附和之。不知《草堂》雖有褻諢之作，然佳詞恆得十之六七。《絕妙好詞》則除張、范、辛、劉諸家外，十之八九，皆極無聊賴之詞。古人云：小好小慚，大好大慚[2]，洵非虛語。【按：「古人云」以下共十五字，原稿已改作「甚矣，人之貴耳賤目也！」】

1 朱彝尊〈書絕妙好詞後〉：「詞人之作，自《草堂詩餘》盛行，屏去《激楚》、《陽阿》，而《巴人》之唱齊進矣。周公謹《絕妙好詞》選本雖未盡醇，然中多俊語，方諸《草堂》所錄，雅俗殊分。」

2 韓愈〈與馮宿論文書〉：「時時應事作俗下文字，下筆令人慚。及示人，則以為好。小慚者亦蒙謂之小好，大慚者即必以為大好矣。」

三五

梅溪、夢窗、玉田、草窗、西麓諸家，詞雖不同，然同失之膚淺。雖時代使然，亦其才分有限也。近人棄周鼎而寶康瓠，實難索解。

三六

余友沈昕伯紘自巴黎寄余〈蝶戀花〉一闋云：「簾外東風隨燕到。春色東來，循我來時道。一霎圍場生綠草，歸遲卻怨春來早。　錦繡一城春水繞。庭院笙歌，行樂多年少。著意來開孤客抱，不知名字閑花鳥。」此詞當在晏氏父子間，南宋人不能道也。

三七

「君王枉把平陳業，換得雷塘數畝田。」[1]政治家之言也。「長陵亦是閑邱隴，異日誰知與仲多？」[2]詩人之言也。政治家之眼，域於一人一事。詩人之眼，則通古今而觀之。詞人觀物，須用詩人之眼，不可用政治家之眼。故感事、懷古等作，當與壽詞同爲詞家所禁也。

1 羅隱〈煬帝陵〉：「入郭登橋出郭船，紅樓日日柳年年。君王忍把平陳業，只換雷塘數畝田。」（據《四部叢刊》本《甲乙集》卷三）

2 唐彥謙〈仲山〉（高祖兄仲山隱居之所）：「千載遺蹤寄薜蘿，沛中鄉里漢山河。長陵亦是閑丘隴，異日誰知與仲多？」（據《晨風閣叢書》本《鹿門集拾遺》）

三八

宋人小說，多不足信。如《雪舟脞語》謂：臺州知府唐仲友眷官伎嚴蕊奴。朱晦庵繫治之。及晦庵移去，提刑嶽霖行部至臺，蕊乞自便。嶽問曰：「去將安歸？」蕊賦〈卜算子〉詞云：「住也如何住」云云[1]。案此詞係仲友戚高宣教作，使蕊歌以侑觴者，見朱子《糾唐仲友奏牘》[2]。則《齊東野語》所紀朱、唐公案[3]，恐亦未可信也。

1 陶宗儀《說郛》卷五十七引《雪舟脞語》：「唐悅齋仲友字與正，知臺州。朱晦庵為浙東提舉，數不相得，至於互申。壽皇問宰執二人曲直。對曰：秀才爭閑氣耳。悅齋眷官妓嚴蕊奴，晦庵捕送囹圄。提刑岳商卿霖行部疏決，蕊奴乞自便。憲使問去將安歸？蕊奴賦〈卜算子〉，末云：『住也如何住，去也終須去。若得山花插滿頭，莫問奴歸處。』憲笑而釋之。」

2 朱熹《朱子大全》卷十九〈按唐仲友第四狀〉：「五月十六日筵會，仲友親戚高宣教撰曲一首，名〈卜算子〉。後一段云：『去又如何去，住又如何住。但得山花插滿頭，休問奴歸處。』」

3

周密《齊東野語》卷十七〈朱唐交奏本末〉：「朱晦庵按唐仲友事，或云呂伯恭嘗與仲友同書會，有隙，朱主呂，故抑唐，是不然也。蓋唐平時恃才輕晦庵，而陳同父頗為朱所進，與唐每不相下。同父遊臺，嘗狎籍妓，囑唐為脫籍，許之。偶郡集，唐語妓云：『汝果欲從陳官人邪？』妓謝。唐云：『汝須能忍饑受凍乃可。』妓聞大恚。自是陳至妓家，無復前之奉承矣。陳知為唐所賣，亟往見朱。朱問：『近日小唐云何？』答曰：『唐謂公尚不識字，如何作監司？』朱銜之，遂以部內有冤獄，乞再巡按。既至臺，適唐出迎少稽，朱益以陳言為信。立索郡印，付以次官。乃摭唐罪具奏，而唐亦作奏馳上。時唐鄉相王淮當軸。既進呈，上問王。王奏：『此秀才爭閑氣耳。』遂兩平其事。詳見周平園、王季海日記。而朱門諸賢所著《年譜》、《道統錄》，乃以季海右唐而併斥之，非公論也。其說聞之陳伯玉式卿，蓋親得之婺之諸呂云。」

三九

〈滄浪〉[1]、〈鳳兮〉[2]二歌，已開《楚辭》體格。然《楚辭》之最工者，推屈原、宋玉，而後此之王褒、劉向之詞不與焉。五古之最工者，實推阮嗣宗、左太沖、郭景純、陶淵明，而前此曹、劉，後此陳子昂、李太白不與焉。詞之最工者，實推後主、正中、永叔、少游、美成，而後此南宋諸公不與焉。【按：末句原稿作：「前此溫、韋，後此姜、吳，皆不與焉。」】

1 《孟子・離婁上》有〈孺子歌〉曰：「滄浪之水清兮，可以濯我纓。滄浪之水濁兮，可以濯我足。」

2 《論語・微子》：「楚狂接輿歌而過孔子曰：『鳳兮鳳兮，何德之衰？往者不可諫，來者猶可追。已而已而，今之從政者殆而！』」

四〇

唐五代之詞，有句而無篇。南宋名家之詞，有篇而無句。有篇有句，唯李後主降宋後之作，及永叔、子瞻、少游、美成、稼軒數人而已。

四一

唐五代北宋之詞家，倡優也。南宋後之詞家，俗子也。二者其失相等。但詞人之詞，寧失之倡優，不失之俗子。以俗子之可厭，較倡優爲甚故也。

四二

〈蝶戀花〉「獨倚危樓」一闋，見《六一詞》，亦見《樂章集》。余謂：屯田輕薄子，只能道「奶奶蘭心蕙性」[1]耳。（原注：此等語固非歐公不能道也。）

【按：以上二則，據原稿補。】

1　柳永〈玉女搖仙佩〉：「飛瓊伴侶，偶別珠宮，未返神仙行綴。取次梳妝，尋常言語，有得許多姝麗。擬把名花比。恐旁人笑我，談何容易。細思算，奇葩豔卉，惟是深紅淺白而已。爭如這多情，占得人間，千嬌百媚。　須信畫堂繡閣，皓月清風，忍把光陰輕棄。自古及今，才子佳人，少得當年雙美。且恁相偎倚。未消得憐我，多才多藝。願奶奶蘭心蕙性，枕前言下，表余深意。為盟誓。今生斷不孤鴛被。」（據《樂章集》卷上）

四三

讀《會眞記》者，惡張生之薄倖，而恕其奸非。讀《水滸傳》者，恕宋江之橫暴，而責其深險。此人人之所同也。故豔詞可作，唯萬不可作儇薄語。龔定庵詩云：「偶賦淩雲偶倦飛，偶然閑慕遂初衣。偶逢錦瑟佳人問，便說尋春爲汝歸。」[1] 其人之涼薄無行，躍然紙墨間。余輩讀耆卿、伯可詞，亦有此感。視永叔、希文小詞何如耶？

1 此為龔自珍《己亥雜詩》三百十五首之一，見《定庵續集》。

四四

詞人之忠實，不獨對人事宜然。即對一草一木，亦須有忠實之意，否則所謂遊詞也。

四五

讀《花間》、《尊前集》，令人回想徐陵《玉臺新詠》。讀《草堂詩餘》，令人回想韋縠《才調集》。讀朱竹垞《詞綜》，張皋文、董子遠（原誤作「晉卿」）《詞選》，令人回想沈德潛《三朝詩別裁集》。

四六

明季國初諸老之論詞，大似袁簡齋之論詩，其失也，纖小而輕薄。竹垞以降之論詞者，大似沈歸愚，其失也，枯槁而庸陋。

四七

東坡之曠在神，白石之曠在貌。白石如王衍口不言阿堵物，而暗中爲營三窟之計，此其所以可鄙也。

四八

「紛吾既有此內美兮，又重之以修能。」[1]文字之事，於此二者，不能缺一。然詞乃抒情之作，故尤重內美。無內美而但有修能，則白石耳。

1 此二句出屈原〈離騷〉。

四九

詩人視一切外物，皆遊戲之材料也。然其遊戲，則以熱心爲之。故詼諧與嚴重二性質，亦不可缺一也。【按：此二則通行本未載，從原稿補。】

人間詞話 附錄

一

蕙風詞小令似叔原，長調亦在清眞、梅溪間，而沉痛過之。彊村雖富麗精工，猶遜其眞摯也。天以百凶成就一詞人，果何爲哉！

二

蕙風〈洞仙歌〉（秋日遊某氏園）[1]**及〈蘇武慢〉**（寒夜聞角）[2]**二闋，境似清眞，集中他作，不能過之。**

1 況周頤〈洞仙歌〉（秋日獨遊某氏園）：「一晌閑緣借。便意行散緩，消愁聊且。有花迎徑曲，鳥呼林罅。秋光取次披圖畫。恣遠眺、登臨臺與榭。堪瀟灑。奈脈斷征鴻，幽恨翻縈惹。　忍把。鬢絲影裡，袖淚寒邊，露草煙蕪，付與杜牧狂吟，誤作少年遊冶。殘蟬肯共傷心話。問幾見，斜陽疏柳掛？誰慰藉？到重陽，插菊攜萸事真假。酒更貰。更有約東籬下。怕蹉跎霜

訊，夢沉人悄西風乍。」（據《惜陰堂叢書》本《蕙風詞》卷下）

2

況周頤〈蘇武慢〉（寒夜聞角）：「愁入雲遙，寒禁霜重，紅燭淚深人倦。情高轉抑，思往難回，淒咽不成清變。風際斷時，迢遞天街，但聞更點。枉教人回首，少年絲竹，玉容歌管。　憑作出、百緒淒涼，淒涼惟有，花冷月閑庭院。珠簾繡幕，可有人聽？聽也可曾腸斷？除卻塞鴻，遮莫城烏，替人驚慣。料南枝明日，應減紅香一半。」（據《蕙風詞》卷上）

——以上趙萬里錄自《蕙風琴趣》評語

三

彊村詞，余最賞其〈浣溪沙〉「獨鳥沖波去意閑」二闋[1]，筆力峭拔，非他詞可能過之。

1 朱祖謀〈浣溪沙〉：「獨鳥沖波去意閑，環霞如赭水如箋。為誰無盡寫江天。　並舫風弦彈月上，當窗山髻挽雲還。獨經行地未荒寒。」其一。「翠阜紅崖夾岸迎，阻風滋味暫時生。水窗官燭淚縱橫。　禪悅新耽如有會，酒悲突起總無名。長川孤月向誰明？」其二。（據《彊村遺書》本《彊村語業》卷一）

四

蕙風〈聽歌〉諸作，自以〈滿路花〉爲最佳[1]。至〈題香南雅集圖〉諸詞[2]，殊覺泛泛，無一言道著。

1 況周頤〈滿路花〉（彊村有聽歌之約，詞以堅之。）：「蟲邊安枕簟，雁外夢山河。不成雙淚落，為聞歌。浮生何益，盡意付消磨。見說寰中秀，曼睩修蛾。舊家風度無過。　鳳城絲管，回首惜銅駝。看花餘老眼，重摩挲。香塵人海，唱徹〈定風波〉。點鬢霜如雨，未比愁多。問天還問嫦娥。」（梅郎蘭芳以《嫦娥奔月》一劇蜚聲日下。）（據《蕙風詞》卷下）

2 按〈題香南雅集圖〉諸詞，無從查考。據《蕙風詞史》，知《蕙風詞》卷下之〈戚氏〉屬之，因錄如下：〈戚氏〉（漚尹為畹華索賦此調，走筆應之。）：「佇飛鸞。萼綠仙子彩雲端。影月娉婷，浣霞明豔，好誰看？華鬘。夢尋難。當歌掩淚十年間。文園鬢雪如許，鏡裡長葆幾朱顏？縞袂重認，紅簾初卷，怕春暖也猶寒。乍維摩病榻，花雨催起，著意清歡。絲管。賺出嬋娟。珠翠照映，老眼太辛酸。春宵短。繫驄難穩，栩蝶須還。近尊前。暫許對影，香南笛語，遍寫烏闌。番（去）風漸急，省識將離，已忍目斷關山。（畹華將別去，道人先期作虎山之遊避之。）　念我滄江晚。消何遜筆，舊恨吟邊。未解〈清平調〉苦，道苔枝、翠羽信纏綿。劇憐畫罨瑤臺、醉扶紙帳，爭遣愁千萬。算更無、月地雲階見。誰與訴、鶴守緣慳。甚素娥、暫缺能圓。更芳節、後約是今番。耐清寒慣，梅花賦也，好好紉蘭。」

——以上趙萬里自《丙寅日記》所記觀堂論學語中摘出

五

（皇甫松）詞，黃叔暘稱其〈摘得新〉二首[1]，爲有達觀之見[2]。余謂不若〈憶江南〉二闋[3]，情味深長，在樂天、夢得【補注】上也。

1 皇甫松〈摘得新〉：「酌一巵。須教玉笛吹。錦筵紅蠟燭，莫來遲。繁紅一夜經風雨，是空枝。」其一。「摘得新。枝枝葉葉春。管弦兼美酒，最關人。平生都得幾十度，展香茵。」其二。（據觀堂自輯本《檀欒子詞》）

2 黃語見《歷代詩餘》卷一百十三引。【按：實出沈雄《古今詞話．詞評》卷上，不知所本。】

3 皇甫松〈憶江南〉：「蘭燼落，屏上暗紅蕉。閑夢江南梅熟日，夜船吹笛雨瀟瀟。人語驛邊橋。」其一。「樓上寢，殘月下簾旌。夢見秣陵惆悵事，桃花柳絮滿江城。雙髻坐吹笙。」其二。（據《檀欒子詞》）

【補注】白居易〈憶江南〉三首，見宋本《白氏文集》卷三十四。劉禹錫二首，見宋本《劉夢得文集》外集卷四及宋本《樂府詩集》卷八十二，各錄一首於此：白居易詞：

「江南好，風景舊曾諳。日出江花紅勝火，春來江水綠如藍。能不憶江南。」劉禹錫詞：「春去也，多謝洛城人。弱柳從風疑舉袂，叢蘭裛露似沾巾。獨坐亦含顰。」

六

端己詞情深語秀，雖規模不及後主、正中，要在飛卿之上。觀昔人顏、謝優劣論[1]可知矣。

1 《南史・顏延之傳》：「延之嘗問鮑照己與謝靈運優劣，照曰：『謝五言詩如初發芙蓉，自然可愛。君詩如鋪錦列繡，亦雕繢滿眼。』延年終身病之。」又鍾嶸《詩品》：「湯惠休曰：『謝詩如芙蓉出水，顏如錯彩鏤金。』顏終身病之。」

七

（毛文錫）詞比牛、薛諸人，殊爲不及。葉夢得謂：「文錫詞以質直爲情致，殊不知流於率露。諸人評庸陋詞者，必曰：此仿毛文錫之〈贊成功〉[1]而不及者。」【補注】其言是也。

1 毛文錫〈贊成功〉：「海棠未坼，萬點深紅。香包緘結一重重。似含羞態，邀勒春風。蜂來蝶去，任繞芳叢。　昨夜微雨，飄灑庭中，忽聞聲滴井邊桐。美人驚起，坐聽晨鐘。快教折取，戴玉瓏璁。」（據觀堂自輯本《毛司徒詞》）

【補注】葉夢得語，見沈雄《古今詞話．詞評》卷上，不知所從出。

八

（魏承班）詞遜於薛昭蘊、牛嶠，而高於毛文錫，然皆不如王衍。五代詞以帝王爲最工，豈不以無意於求工歟？

九

（顧）夐詞在牛給事、毛司徒間。〈浣溪沙〉「春色迷人」一闋[1]，亦見《陽春錄》。與〈河傳〉、〈訴衷情〉數闋[2]，當爲夐最佳之作矣。

1 顧夐〈浣溪沙〉：「春色迷人恨正賒，可堪蕩子不還家。細風輕露著梨花。　簾外有情雙燕颺，檻前無力綠楊斜。小屏狂夢極天涯。」（據《顧太尉詞》）

2 顧夐〈河傳〉：「燕颺。晴景。小窗屏暖，鴛鴦交頸。菱花掩卻翠鬟欹，慵整。海棠簾外影。　繡幃香斷金鸂鶒。無消息。心事空相憶。倚東風。春正濃。愁紅。淚痕衣上重。」其一。「曲檻。春晚。碧流紋細，綠楊絲軟。露華鮮，杏枝繁。鶯轉。野蕪平似剪。　直是人間到天上。堪遊賞。醉眼疑屏障。對池塘。惜韶光。斷腸。為花須盡狂。」其二。「棹舉。舟去。波光渺渺，不知何處。岸花汀草共依依。雨微。鷓鴣相逐飛。　天涯離恨江聲咽。啼猿切。此意向誰說。艤蘭橈。獨無憀。魂銷。小爐香欲焦。」其三。

又集中〈訴衷情〉凡兩闋，其一已見頁七三注，其另一如下：「香滅簾垂春漏永，整鴛衾。羅帶重。雙鳳。縷黃金。 窗外月光臨。□沉沉。□斷腸無處尋。□□負春心。」（據《顧太尉詞》）【按：《花間集》此數首俱無空格，宜從。】

一〇

（毛熙震）**周密《齊東野語》稱其詞新警而不爲儇薄[1]。余尤愛其〈後庭花〉[2]，不獨意勝，即以調論，亦有雋上清越之致，視文錫蔑如也。**

1 周密語見《歷代詩餘》卷一百十三引，今傳各本均闕。【按：實出沈雄《古今詞話．詞評》卷上。疑非周密語。沈雄書所引多無稽。】

2 毛熙震〈後庭花〉：「鶯啼燕語芳菲節。瑞庭花發。昔時歡宴歌聲揭。管弦清越。　自從陵谷追遊歇。畫梁塵。傷心一片如珪月。閑鎖宮闕。」其一。「輕盈舞伎含芳豔。競妝新臉。步搖珠翠修蛾斂。膩鬟雲染。　歌聲慢發開檀點。繡衫斜掩。時將纖手勻紅臉。笑拈金靨。」其二。「越羅小袖新香茜。薄籠金釧。倚欄無語搖金扇。半遮勻面。　春殘日暖鶯嬌懶。滿庭花片。爭不教人長相見。畫堂深院。」其三。（據觀堂自輯本《毛秘書詞》）

一二

（閻選）詞唯〈臨江仙〉第二首[1]有軒翥之意，餘尚未足與於作者也。

1 閻選〈臨江仙〉：「十二高峰天外寒。竹梢輕拂仙壇。寶衣行雨在雲端。畫簾深殿，香霧冷風殘。　欲問楚王何處去？翠屏猶掩金鸞。猿啼明月照空灘。孤舟行客，驚夢亦艱難。」（據觀堂自輯本《閻處士詞》）

一二

昔沈文愨深賞（張）泌「綠楊花撲一溪煙」[1]爲晚唐名句[2]。然其詞如「露濃香泛小庭花」[3]，較前語似更幽豔。

1 張泌〈洞庭阻風〉：「空江浩蕩景蕭然，盡日菰蒲泊釣船。青草浪高三月渡，綠楊花撲一溪煙。情多莫舉傷春目，愁極兼無買酒錢。猶有漁人數家住，不成村落夕陽邊。」（據《全唐詩》卷二十七）

2 沈文愨語見《唐詩別裁》卷十六張蠙〈夏日題老將林亭〉一詩後評語。

3 張泌〈浣溪沙〉：「獨立寒階望月華，露濃香泛小庭花。繡屏愁背一燈斜。　雲雨自從分散後，人間無路到仙家。但憑魂夢訪天涯。」（據觀堂自輯本《張舍人詞》）

一三

（孫光憲詞）**昔黃玉林賞其「一庭花**（當作『疏』）**雨濕春愁」[1]爲古今佳句[2]。余以爲不若「片帆煙際閃孤光」[3]，尤有境界也。**

1 孫光憲〈浣溪沙〉：「攬鏡無言淚欲流，凝情半日懶梳頭。一庭疏雨濕春愁。楊柳只知傷怨別，杏花應信損嬌羞。淚沾魂斷軫離憂。」（據觀堂自輯本《孫中丞詞》）

2 黃昇語見《歷代詩餘》卷一百十三引。【按：亦出沈雄《古今詞話．詞評》卷上。】

3 孫光憲〈浣溪沙〉：「蓼岸風多橘柚香，江邊一望楚天長。片帆煙際閃孤光。目送征鴻飛杳杳，思隨流水去茫茫。蘭紅波碧憶瀟湘。」（據《孫中丞詞》）

——以上錄自《唐五代二十一家詞輯》諸跋

一四

（周清真）先生於詩文無所不工，然尚未盡脫古人蹊徑。平生著述，自以樂府爲第一。詞人甲乙，宋人早有定論[1]。惟張叔夏病其意趣不高遠[2]。然北宋人如歐、蘇、秦、黃，高則高矣，至精工博大，殊不逮先生。故以宋詞比唐詩，則東坡似太白，歐、秦似摩詰，耆卿似樂天，方回、叔原則大曆十子之流。南宋惟一稼軒可比昌黎。而詞中老杜，則非先生不可。昔人以耆卿比少陵[3]，猶爲未當也。

1 陳振孫《直齋書錄解題》集部歌詞類《清真詞》二卷《續集》一卷，下云：「周美成邦彥撰，多用唐人詩語，檃栝入律，渾然天成。長調尤善鋪敘，富豔精工，詞人之甲乙也。」

2 張炎《詞源》卷下：「美成詞只當看他渾成處，於軟媚中有氣魄。採唐詩融化如自己者，乃其所長。惜乎意趣卻不高遠。」

3 張端義《貴耳集》卷上：「項平齋訓『學詩當學杜詩，學詞當學柳詞』，杜詩、柳詞皆無表德，只是實說。」

一五

（清真）先生之詞，陳直齋謂其多用唐人詩句檃栝入律，渾然天成。張玉田謂其善於融化詩句，然此不過一端。不如強煥云：「模寫物態，曲盡其妙。」[1]爲知言也。

1 見汲古閣本《片玉詞》強煥〈題周美成詞〉。

一六

山谷云：「天下清景，不擇賢愚而與之，然吾特疑端爲我輩設。」[1]誠哉是言！抑豈獨清景而已，一切境界，無不爲詩人設。世無詩人，即無此種境界。夫境界之呈於吾心而見於外物者，皆須臾之物。惟詩人能以此須臾之物，鐫諸不朽之文字，使讀者自得之。遂覺詩人之言，字字爲我心中所欲言，而又非我之所能自言，此大詩人之秘妙也。境界有二：有詩人之境界，有常人之境界。詩人之境界，惟詩人能感之而能寫之，故讀其詩者，亦高舉遠慕，有遺世之意。而亦有得有不得，且得之者亦各有深淺焉。若夫悲歡離合、羈旅行役之感，常人皆能感之，而惟詩人能寫之。故其入於人者至深，而行於世也尤廣。（清真）先生之詞，屬於第二種爲多。故宋時別本之多，他無與匹[2]。又和者三家[3]，注者二家[4]（強煥本亦有注，見毛跋）。自士大夫以至婦人女子，莫不知有清眞，而種種無稽之言，亦由此以起[5]。然非入人之深，烏能如是耶？

1 此數語見釋惠洪《冷齋夜話》卷三。

2 觀堂先生《清真先生遺事．著述二》：「案先生詞集，其古本則見於《景定嚴州續志》、《花庵詞選》者曰《清真詩餘》。見於《詞源》者曰《圈法美成詞》。見於《直齋書錄》者曰《清真詞》，曰《曹杓注清真詞》。又與方千里、楊澤民《和清真詞》合刻者曰《三英集》（見毛晉《方千里和清真詞跋》）。子晉所藏《清真集》，其源亦出宋本，加以溧水本，是宋時已有七本。別本之多，為古今詞家所未有。」

3 宋人之和清真全詞者有方千里《和清真詞》（汲古閣刻《宋六十名家詞》本）、楊澤民《和清真詞》（江標刻《宋元名家詞》本）及陳允平《西麓繼周集》（朱祖謀刻《彊村叢書》本）三家。

4 宋人注《清真詞》者，有曹杓、陳元龍兩家。曹注已逸，陳注即《彊村叢書》本《片玉集》。

5 宋人筆記之記清真軼事者甚多。若張端義《貴耳集》、周密《浩然齋雅談》、王明清《揮麈餘話》、王灼《碧雞漫志》等書均有，類多無稽之言。觀堂先生於《清真先生遺事．事蹟一》中一一辨之，斥為好事者為之也。

一七

樓忠簡謂（清真）先生妙解音律[1]，惟王晦叔《碧雞漫志》謂：「江南某氏者，解音律，時時度曲。周美成與有瓜葛。每得一解，即爲制詞。故周集中多新聲。」[2]則集中新曲，非盡自度。然顧曲名堂，不能自已，固非不知音者。故先生之詞，文字之外，須兼味其音律。惟詞中所注宮調，不出教坊十八調之外。則其音非大晟樂府之新聲，而爲隋唐以來之燕樂，固可知也。今其聲雖亡，讀其詞者，猶覺拗怒之中，自饒和婉。曼聲促節，繁會相宣；清濁抑揚，轆轤交往。兩宋之間，一人而已。

——以上錄自《清眞先生遺事·尚論三》

1 樓鑰《清真先生文集·序》：「公性好音律，如古之妙解，顧曲名堂，不能自已。」

2 見《碧雞漫志》卷第二。

一八

（《雲謠集雜曲子》）〈天仙子〉詞[1]特深峭隱秀，堪與飛卿、端己抗行。

1

在《雲謠集雜曲子》內有〈天仙子〉二首，但觀堂先生寫此文時，猶僅見其一，惟不知為何首耳。茲將兩首一併錄之：「燕語啼時三月半。煙蘸柳條金線亂。五陵原上有仙娥，攜歌扇。香爛漫。留住九華雲一片。　犀玉滿頭花滿面。負妾一雙偷淚眼。淚珠若得似珍珠，拈不散。知何限？串向紅絲應百萬。」其一。「燕語鶯啼驚覺夢。羞見鸞臺雙舞鳳。天仙別後信難通，無人問，花滿洞。休把同心千遍弄。　叵耐不知何處去？正是花開誰是主？滿樓明月應三更，無人語。淚如雨。便是思君腸斷處。」其二。【按：觀堂後已見此二首，見集中此文自注。】

——以上錄自《觀堂集林・唐寫本〈雲謠集雜曲子〉跋》

一九

（王）以凝詞句法精壯，如和虞彥恭寄錢遜升（當作「叔」）**〈驀山溪〉一闋[1]、重午登霞樓〈滿庭芳〉一闋[2]、艤舟洪江步下〈浣溪沙〉一闋[3]，絕無南宋浮豔虛薄之習。其他作亦多類是也。**【按：此則乃觀堂所錄阮元《四庫未收書目·〈王周士詞〉提要》，實非觀堂論詞之語。】

1　王周士〈驀山溪〉（和虞彥恭寄錢遜叔）：「平山堂上，側琖歌南浦。醉望五州山，渺千里、銀濤東注。錢郎英遠，滿腹貯精神。窺素壁，墨棲鴉，歷歷題詩處。　風裘雪帽，踏遍荊湘路。回首古揚州，沁天外、殘霞一縷。德星光次，何日照長沙。〈漁父曲〉，〈竹枝詞〉，萬古歌來暮。」（據《彊村叢書》本《王周士詞》）

2　王周士〈滿庭芳〉（重午登霞樓）：「千古黃州，雪堂奇勝，名與赤壁齊高。竹樓千字，筆勢壓江濤。笑問江頭皓月，應曾照、今古英豪。菖蒲酒，窪尊無恙，聊共訪臨皋。　陶陶。誰唔對，粲花吐論，宮錦紉袍。借銀濤

雪浪，一洗塵勞。好在江山如畫，人易老、雙鬢難菻。升平代，憑高望遠，當賦〈反離騷〉。」（據《王周士詞》）

3

王周士〈浣溪沙〉（艤舟洪江步下）：「起看船頭蜀錦張，沙汀紅葉舞斜陽。杖挐驚起睡鴛鴦。　木落群山雕玉□，霜和冷月浸澄江。疏篷今夜夢瀟湘。」（據《王周士詞》）

——以上錄自《觀堂別集・跋〈王周士詞〉》

二〇

有明一代，樂府道衰。〈寫情〉、〈扣舷〉，尚有宋元遺響。仁、宣以後，茲事幾絕。獨文愍（夏言）以魁碩之才，起而振之。豪壯典麗，與於湖、劍南爲近。

——以上錄自《觀堂外集・桂翁詞跋》

二一

王君靜安將刊其所爲《人間詞》，詒書告余曰：「知我詞者莫如子，敘之亦莫如子宜。」余與君處十年矣，比年以來，君頗以詞自娛。余雖不能詞，然喜讀詞。每夜漏始下，一燈熒然，玩古人之作，未嘗不與君共。君成一闋，易一字，未嘗不以訊余。既而睽離，苟有所作，未嘗不郵以示余也。然則余於君之詞，又烏可以無言乎？

夫自南宋以後，斯道之不振久矣！元、明及國初諸老，非無警句也。然不免乎局促者，氣困於雕琢也。嘉、道以後之詞，非不諧美也。然無救於淺薄者，意竭於摹擬也。君之於詞，於五代喜李後主、馮正中，於北宋喜永叔、子瞻、少游、美成，於南宋除稼軒、白石外，所嗜蓋鮮矣。尤痛詆夢窗、玉田。謂夢窗砌字，玉田壘句。一雕琢，一敷衍。其病不同，而同歸於淺薄。六百年來詞之不振，實自此始。

其持論如此。及讀君自所爲詞，則誠往復幽咽，動搖人心。快而沉，直而能曲。不屑屑於言詞之末，而名句間出，殆往往度越前人。至其言近而指遠，意決而辭婉，自永叔以後，殆未有工如君者也。君始爲詞時，亦不自意其至此，而卒至此者，天也，非人之所能爲也。若夫觀物之微，托興之深，則又君詩詞之特色。求之古代作者，罕有倫比。

嗚呼！不勝古人，不足以與古人並，君其知之矣。世有疑余言者乎，則何不取古人之詞，與君詞比類而觀之也？光緒丙午三月，山陰樊志厚敘。

二二

去歲夏，王君靜安集其所爲詞，得六十餘闋，名曰《人間詞甲稿》，余既敘而行之矣。今冬，復匯所作詞爲《乙稿》，丐余爲之敘。余其敢辭。

乃稱曰：文學之事，其內足以攄己，而外足以感人者，意與境二者而已。上焉者意與境渾，其次或以境勝，或以意勝。苟缺其一，不足以言文學。原夫文學之所以有意境者，以其能觀也。出於觀我者，意餘於境。而出於觀物者，境多於意。然非物無以見我，而觀我之時，又自有我在。故二者常互相錯綜，能有所偏重，而不能有所偏廢也。文學之工不工，亦視其意境之有無，與其深淺而已。自夫人不能觀古人之所觀，而徒學古人之所作，於是始有僞文學，學者便之，相尚以辭，相習以模擬，遂不復知意境之爲何物，豈不悲哉！苟持此以觀古今人之詞，則其得失，可得而言焉。溫、韋之精豔，所以不如正中者，意境有深淺也。〈珠玉〉所以遜〈六一〉，〈小山〉所以愧〈淮海〉者，意境異也。美成晚出，始以辭采擅長，然終不失爲北宋人之詞者，有意境也。南宋詞人之有意境者，唯一稼軒，然亦若不欲以意境勝。白石之詞，氣體雅健耳。至於意境，則去北宋人遠甚。及夢窗、玉田出，並不求諸氣體，而惟文字之是務，於是詞之道熄矣。自元迄明，益以不振。至於國朝，而納蘭侍衛以天賦之才，崛起於方興之族。其所爲詞，悲涼頑豔，獨有得於意境之深，可謂豪傑之士，奮乎百世之下者矣。同時朱、陳，既非勁敵；後世項、蔣，尤難鼎足。至乾、嘉以降，審乎體格韻律之間者愈微，而意味之溢於字句之表者愈淺。豈非拘泥文字，而不求諸意境之失歟？抑觀我觀物之事自有天在，固難期諸流俗歟？余與靜安，均夙持此論。

靜安之爲詞，眞能以意境勝。夫古今人詞之以意勝者，莫若歐陽公。以境勝者，莫若秦少遊。至意境兩渾，則惟太白、後主、正中數人足以當之。靜安之詞，大抵意深於歐，而境次於秦。至其合作，如《甲稿．浣溪沙》之「天末同雲」[1]、〈蝶戀花〉之「昨夜夢中」[2]、《乙稿．蝶戀花》之「百尺朱樓」[3]等闋，皆意境兩忘，物我一體。高蹈乎八荒之表，而抗心乎千秋之間。駸駸乎兩漢之疆域，廣於三代；貞觀之政治，隆於武德矣。方之侍衛，豈徒伯仲！此固君所得於天者獨深，抑豈非致力於意境之效也。至君詞之體裁，亦與五代、北宋爲近。然君詞之所以爲五代、北宋之詞者，以其有意境在。若以其體裁故，而至遽指爲五代、北宋，此又君之不任受。固當與夢窗、玉田之徒，專事摹擬者，同類而笑之也。光緒三十三年十月，山陰樊志厚敘。【按：此二序雖為觀堂手筆，而命意實出自樊氏。觀堂廢稿中曾引樊氏之語，而樊氏所賞諸詞，《觀堂集林》亦不盡入選，可證也。】

1 〈浣溪沙〉：「天末同雲黯四垂，失行孤雁逆風飛。江湖寥落爾安歸？ 陌上金丸看落羽，閨中素手試調醯。今宵歡宴勝平時。」

2 〈蝶戀花〉：「昨夜夢中多少恨。細馬香車，兩兩行相近。對面似憐人瘦損，眾中不惜搴帷問。 陌上輕雷聽隱轔。夢裡難從，覺後那堪訊？蠟淚窗前堆一寸，人間只有相思分。」

3 〈蝶戀花〉：「百尺朱樓臨大道。樓外輕雷，不問昏和曉。獨倚闌杆人窈窕，閑中數盡行人小。 一霎車塵生樹杪。陌上樓頭，都向塵中老。薄晚西風吹雨到，明朝又是傷流潦。」

——以上錄自《觀堂外集》

二三

歐公〈蝶戀花〉「面旋落花」云云[1]，字字沉響，殊不可及。

1 歐陽修〈蝶戀花〉：「面旋落花風蕩漾。柳重煙深，雪絮飛來往。雨後輕寒猶未放，春愁酒病成惆悵。　枕畔屏山圍碧浪。翠被華燈，夜夜空相向。寂寞起來褰繡幌，月明正在梨花上。」（據《歐陽文忠公近體樂府》卷二）

——以上陳乃乾錄自觀堂舊藏《六一詞》眉間批語

二四

《片玉詞》「良夜燈光簇如豆」[1]一首，乃改山谷〈憶帝京〉詞[2]爲之者，似屯田最下之作，非美成所宜有也[3]。

1 周邦彥〈青玉案〉：「良夜燈光簇如豆。占好事，今宵有。酒罷歌闌人散後。琵琶輕放，語聲低顫，滅燭來相就。　玉體偎人情何厚。輕惜輕憐轉唧嚠。雨散雲收眉兒皺。只愁彰露，那人知後，把我來僝僽。」（據《清真集・補遺》）

2 黃庭堅〈憶帝京〉（私情）：「銀燭生花如紅豆。占好事，而今有。人醉曲屏深，借寶瑟輕招手。一陣白風，故滅燭教相就。　花帶雨冰肌香透。恨啼鳥轆轤聲曉，岸柳微涼吹殘酒。斷腸時至今依舊。鏡中消瘦。那人知後，怕夯你來僝僽。」（據《彊村叢書》本《山谷琴趣外編》卷之二）

3 楊易霖《周詞訂律・補遺》上本詞後注云：「王靜安先生云：『此詞乃改山谷〈憶帝京〉詞為之者，決非美成作。』案：《綠窗新話》引《古今詞話》

淮海〈御街行〉詞與美成此詞亦多相合，未知孰是。」似楊氏亦曾悉先生有此語，惟不知所見之處耳。【按：觀堂《清真先生遺事》云：「偽詞最多，強煥本所增，強半皆是。如《片玉詞》上〈青玉案〉『良夜燈光簇如豆』一闋，乃改山谷〈憶帝京〉詞為之者，決非先生作。不獨〈送傅國華〉、〈寄李伯紀〉二首，歲月不合也。」楊氏所云本此。】

——以上陳乃乾錄自觀堂舊藏《片玉詞》眉間批語

二五

溫飛卿〈菩薩蠻〉：「雨後卻斜陽，杏花零落香。」[1] 少游之「雨餘芳草斜陽。杏花零落（當作『亂』）**燕泥香。」[2] 雖自此脫胎，而實有出藍之妙。**

1 溫庭筠〈菩薩蠻〉：「南園滿地堆輕絮，愁聞一霎清明雨。雨後卻斜陽，杏花零落香。　無言勻睡臉，枕上屏山掩。時節欲黃昏，無聊獨閉門。」（據《金荃詞》）【按：末句《花間集》作「無憀獨倚門」，宜從。】

2 秦觀〈畫堂春〉（或刻山谷年十六作）：「東風吹柳日初長。雨餘芳草斜陽。杏花零亂燕泥香。睡損紅妝。　寶篆煙消龍鳳，畫屏雲鎖瀟湘。夜寒微透薄羅裳。無限思量。」（宋本《淮海長短句》不載，據汲古閣刻本《淮海詞》。）【按：《花庵詞選》、《草堂詩餘》俱作「杏花零落燕泥香」，較毛本《淮海詞》為可據，觀堂所引非誤也。又其他文字，亦多異同，亦較可據。】

二六

白石尚有骨，玉田則一乞人耳。

二七

美成詞多作態，故不是大家氣象。若同叔、永叔雖不作態，而一笑百媚生矣。此天才與人力之別也。

二八

周介存謂白石以詩法入詞，門徑淺狹，如孫過庭書，但便後人模仿。予謂近人所以崇拜玉田，亦由於此。

二九

予於詞，五代喜李後主、馮正中而不喜《花間》。宋喜同叔、永叔、子瞻、少游而不喜美成。南宋只愛稼軒一人，而最惡夢窗、玉田。介存《詞辨》所選詞，頗多不當人意。而其論詞則多獨到之語。始知天下固有具眼人，非予一人之私見也。

——以上陳乃乾錄自觀堂舊藏《詞辨》眉間批語

重印後記

王國維的《人間詞話》，最初只有上卷，刊載在一九〇八年的《國粹學報》上，分三期登完。到了一九二六年，才有俞平伯先生標點、樸社出版的單行本。一九二七年，趙萬里先生又輯錄他的遺著未刊稿，刊載於《小說月報》上，題爲《人間詞話未刊稿及其他》。一九二八年羅振玉編印他的遺集，便一併收入。分爲上、下兩卷，以原來的爲上卷，趙輯的爲下卷：從這時候起，始有兩卷本。一九三九年開明書店要重印這書，我就《遺集》中再輯集他有關論詞的片段文字，作爲補遺附後：這便是現在印行的本子。其中署名山陰樊志厚的《人間詞》甲、乙稿兩序，據趙萬里先生所作年譜，實在是王國維自己的作品，所以也一併收入附錄中。這本小冊子出版後，陳乃乾先生又從王氏舊藏各家詞集的眉頭，抄錄他手寫的評語給我，我在一九四七年印第二版的時候再補附在最後。書中的注，一部分是周振甫先生所搜集的，一部分是我加的，全部都經過我的校訂。這些注，目的是讓讀者閱讀時得到一些便利，所以沒有注者自己的意見。現在中華書局又要利用開明舊紙型重印了，因記本書經過如上。

一九五四年十一月，徐調孚

校訂後記

《人間詞話》，近人王國維撰，寫於一九〇八年以前。茲以通行之中華書局排印有校注本爲據，並根據王氏原意，重行編次。（一）以王氏手自刪定，刊於《國粹學報》者（即通行本卷上）爲《人間詞話》。（二）以王氏所刪棄者（即通行本卷下）爲《人間詞話刪稿》。其中有五條此次據原稿錄出，爲以前所未發表。（三）以各家所錄王氏論詞之語而原非《人間詞話》組成部分者（即通行本卷下末數條及通行本補遺）爲附錄。通行本校注仍附各條之下，略加必要之補充與說明（加「按」語以為別）。通行本誤字，而原稿未誤者，據原稿逕行改正，不復作校注。王氏論詞之語，未盡於此，俟後覓得續補。

校訂者*

*編者注：校訂者即王國維次子王仲聞。

附錄

文學小言

一

昔司馬遷推本漢武時學術之盛，以爲利祿之途使然。余謂一切學問皆能以利祿勸，獨哲學與文學不然。何則？科學之事業，皆直接間接以厚生利用爲旨，故未有與政治及社會上之興味相刺謬者也。至一新世界觀與新人生觀出，則往往與政治及社會上之興味不能相容。若哲學家而以政治及社會之興味爲興味，而不顧眞理之如何，則又決非眞正之哲學。此歐洲中世哲學之以辨護宗教爲務者，所以蒙極大之污辱，而叔本華所以痛斥德意志大學之哲學者也。文學亦然，餔餟的文學，決非眞正之文學也。

二

文學者，遊戲的事業也。人之勢力用於生存競爭而有餘，於是發而爲遊戲。婉孌之兒，有父母以衣食之，以卵翼之，無所謂爭存之事也。其勢力無所發洩，於是作種種之遊戲。逮爭存之事亟，而遊戲之道息矣。唯精神上之勢力獨優，而又不必以生事爲急者，然後終身得保其遊戲之性質。而成人以後，又不能以小兒之遊戲爲滿足，於是對其自己之感情及所觀察之事物而摹寫之，詠歎之，以發洩所儲蓄之勢力。故民族文化之發達，非達一定之程度，則不能有文學；而個人之汲汲於爭存者，決無文學家之資格也。

三

人亦有言，名者利之賓也。故文繡的文學之不足爲眞文學也，與餔餟的文學同。古代文學之所以有不朽之價值者，豈不以無名之見者存乎？至文學之名起，於是有因之以爲名者，而眞正文學乃復托放不重於世之文體以自見。逮此體流行之後，則又爲虛車矣。故模仿之文學，是文繡的文學與餔餟的文學之記號也。

四

文學中有二原質焉：曰景，曰情。前者以描寫自然及人生之事實爲主，後者則吾人對此種事實之精神的態度也。故前者客觀的，後者主觀的也；前者知識的，後者感情的也。自一方面言之，則必吾人之胸中洞然無物，而後其觀物也深，而其體物也切；即客觀的知識，實與主觀的感情爲反比例。自他方面言之，則激烈之感情，亦得爲直觀之物件、文學之材料；而觀物與其描寫之也，亦有無限之快樂伴之。要之，文學者，不外知識與感情交代之結果而已。苟無銳敏之知識與深邃之感情者，不足與於文學之事。此其所以但爲天才遊戲之事業，而不能以他道勸者也。

五

古今之成大事業大學問者，不可不歷三種之階級：「昨夜西風凋碧樹，獨上高樓，望盡天涯路。」（晏同叔〈蝶戀花〉）此第一階級也。「衣帶漸寬終不悔，爲伊消得人憔悴。」（歐陽永叔〈蝶戀花〉）此第二階級也。「衆裡尋他千百度，回頭驀見，那人正在燈火闌珊處。」（辛幼安〈青玉案〉）此第三階級也。未有不閱第一第二階級，而能遽躋第三階級者。文學亦然。此有文學上之天才者，所以又需莫大之修養也。

六

三代以下之詩人，無過於屈子、淵明、子美、子瞻者。此四子者苟無文學之天才，其人格亦自足千古。故無高尚偉大之人格，而有高尚偉大之文學者，殆未之有也。

七

天才者，或數十年而一出，或數百年而一出，而又須濟之以學問，帥之以德性，始能產眞正之大文學。此屈子、淵明、子美、子瞻等所以曠世而不一遇也。

八

「燕燕于飛，差池其羽」，「燕燕于飛，頡之頏之」，「睍睆黃鳥，載好其音」，「昔我往矣，楊柳依依」，詩人體物之妙，侔於造化，然皆出於離人、孽子、征夫之口，故知感情眞者，其觀物亦眞。

九

「駕彼四牡，四牡項領。我瞻四方，蹙蹙靡所騁。」以〈離騷〉、〈遠遊〉數千言言之而不足者，獨以十七字盡之，豈不詭哉！然以譏屈子之文勝，則亦非知言者也。

一〇

屈子感自己之感，言自己之言者也。宋玉、景差感屈子之所感，而言其所言；然親見屈子之境遇與屈子之人格，故其所言亦殆與言自己之言無異。賈誼、劉向其遇略與屈子同，而才則遜矣。王叔師以下，但襲其貌而無眞情以濟之。此後人之所以不復爲楚人之詞者也。

一一

屈子之後，文學上之雄者，淵明其尤也。韋、柳之視淵明，其如賈、劉之視屈子乎！彼感他人之所感，而言他人之所言，宜其不如李、杜也。

一二

宋以後之能感自己之感，言自己之言者，其唯東坡乎！山谷可謂能言其言矣，未可謂能感所感也。遺山以下亦然。若國朝之新城，豈徒言一人之言已哉！所謂「鶯偷百鳥聲」者也。

一三

詩至唐中葉以後，殆爲羔雁之具矣。故五季、北宋之詩（除一二大家外）無可觀者，而詞則獨爲其全盛時代。其詩詞兼擅如永叔、少游者，皆詩不如詞遠甚。以其寫之於詩者，不若寫之於詞者之眞也。至南宋以後，詞亦爲羔雁之具，而詞亦替矣。（除稼軒一人外。）觀此足以知文學盛衰之故矣。

一四

上之所論，皆就抒情的文學言之。（〈離騷〉、詩詞皆是。）至敘事的文學，（謂敘事傳、史詩、戲曲等，非謂散文也。）則我國尚在幼稚之時代。元人雜劇，辭則美矣，然不知描寫人格爲何事。至國朝之《桃花扇》，則有人格矣，然他戲曲則殊不稱是。要之，不過稍有系統之詞，而併失詞之性質者也，以東方古文學之國，而最高之文學無一足以與西歐匹者，此則後此文學家之責矣。

一五

抒情之詩，不待專門之詩人而後能之也。若夫敘事，則其所需之時日長，而其所取之材料富。非天才而又有暇日者不能。此詩家之數之所不可更僕數，而敘事文學家殆不能及百分之一也。

一六

《三國演義》無純文學之資格，然其敘關壯繆之釋曹操，則非大文學家不辦。《水滸傳》之寫魯智深，《桃花扇》之寫柳敬亭、蘇昆生，彼其所爲固毫無意義，然以其不顧一己之利害，故猶使吾人生無限之興味，發無限之尊敬，況於觀壯繆之矯矯者乎？若此者，豈眞如汗德所云，實踐理性爲宇宙人生之根本歟？抑與現在利己之世界相比較，而益使吾人興無涯之感也？則選擇戲曲小說之題目者，亦可以知所去取矣。

一七

吾人謂戲曲小說家爲專門之詩人，非謂其以文學爲職業也。以文學爲職業，餔餟的文學也。職業的文學家，以文學得生活；專門之文學家，爲文學而生活。今餔餟的文學之途，蓋已開矣。吾寧聞征夫思婦之聲，而不屑使此等文學囂然汙吾耳也。

原載於一九〇六年十二月《教育世界》第一三九號

重印人間詞話序

作文藝批評，一在能體會，二在能超脫。必須身居局中，局中人知甘苦；又須身處局外，局外人有公論。此書論詩人之素養，以爲：「入乎其內，故能寫之；出乎其外，故能觀之。」吾於論文藝批評亦云然。

自來詩話雖多，能兼此二妙者寥寥；此重刊《人間詞話》之意義也。雖只薄薄的三十頁，而此中所蓄幾全是深辨甘苦愜心貴當之言，固非胸羅萬卷者不能道。讀者宜深加玩味，不以少而忽之。

其實書中所暗示的端緒，如引而申之，正可成一龐然巨帙，特其耐人尋味之力或頓減耳。明珠翠羽，俯拾即是，莫非瑰寶；裝成七寶樓臺，反添蛇足矣。此日記短劄各體之所以爲人愛重，不因世間曾有masterpieces，而遂銷聲匿跡也。

作者論詞標舉「境界」，更辨詞境有隔不隔之別；而謂南宋遜於北宋，可與頡頏者惟辛幼安一人耳……凡此等評衡論斷之處，俱持平入妙，銖兩悉稱，良無間然。頗思得暇引申其義，卻恐「佛頭著糞」，遂終於不爲；而綴此短序以介紹於讀者。

一九二六，二，四，平伯記

人間詞話

王靜安先生著

《人間詞話》手稿

人間詞話　海甯王國維

詩蒹葭一篇最得風人深致晏同叔之昨夜西風凋碧樹獨上高樓望盡天涯路意頗近之但一洒落一悲壯耳

古今之成大事業大學問者罔不經過三種之境界昨夜西風凋碧樹獨上高樓望盡天涯路此第一境界也衣帶漸寬終不悔為伊消得人憔悴此第二境界也眾裏尋他千百度回頭驀見那人正在燈火闌珊處辛幼安此第三境界也此等語皆非大詞人不能道然遽以此意解釋諸詞恐為晏歐諸公所不許也

太白純以氣象勝西風殘照漢家陵闕寥寥八字獨有千古後世惟范文正之漁家傲夏英公之喜遷鶯差堪繼武然氣

家已遠不逮矣

張臯文謂飛卿之詞深美閎約余謂此四字唯馮正中足以當之劉融齋謂其精艷絕人差近之耳

菡萏香銷翠葉殘西風愁起綠波間大有眾芳蕪穢美人遲暮之感乃古今獨賞其細雨夢回雞塞遠小樓吹徹玉笙寒故知解人正不可易得

馮正中詞雖不失五代氣格而堂廡特大開北宋一代風氣中後二主皆未逮其精詣花間於蜀人詞雖錄南唐人詞獨不登正中隻字豈文采為功名所掩耶

大家之作其言情也必沁人心脾其寫景也必豁人耳目無

矯揉裝束之態以其所見者真所知者深也持此以衡古今之
作者百不失一此余所以不免有北宋後無詞之嘆也
美成詞深遠之致不及歐秦唯言情體物窮極工巧故不失為
第一流之作者但恨創調之才多創意之才少耳
詞最忌用替代字美成解語花之桂華流瓦境界極妙惜
以桂華二字代月耳其所以然者非意不足則語不妙也蓋
夢窗以下則用代字更多語妙則不必代意足則不暇代此少
游之小樓連苑繡轂雕鞍所以為東坡所譏也
南宋詞人白石有格而無情劍南有氣而乏韻其堪與北宋
人頡頏者唯一幼安耳近人祖南宋而祧北宋以南宋之詞

沈伯時樂府指迷云說桃不可直說破桃須用紅雨劉郎等字說柳不可直說破柳須用章臺灞岸等事若惟恐人不用替代字者果以是為工則古今類書具在又安用詞為耶宜其為提要所譏也

光緒　年　月　日

可學北宋不可學也學南宋者不祖白石則祖夢窗以白石
夢窗可學幼安不可學也學幼安者率祖其粗獷滑稽以其
粗獷滑稽處可學佳處不可學也同時白石龍洲學幼安之作
且如此况他人乎其實幼安詞之佳者如摸魚兒賀新郎送茂嘉青
其他豪放之處亦有橫素波干
玉案元夕祝英臺近等其後偉幽咽處固獨有千古白石夢窗豈能
青雲之概寧夢窗輩齷齪小生所可語耶
道其隻字耶

6

周介存謂夢窗詞之佳者如水光雲影搖蕩綠波撫玩無極
追尋已遠余覽夢窗甲乙丙丁稿中實無足當者有之其唯
隔江人在雨聲中晚風菰葉生秋怨二語乎

6

白石之詞余所最愛者亦僅二語曰淮南皓月冷千山冥冥歸

去無人管

夢窗之詞吾得取其詞中之一語以評之曰映夢窗淩亂碧玉

田之詞亦得取其詞中之一語以評之曰玉老田荒

双声疊均之論盛于六朝唐人猶多用之至宋以後則漸不講并

不知二者為何物乾嘉間吾鄉周松靄先生春著杜詩双聲疊

韻譜括略正千餘年之誤可謂有功文苑者矣其言曰兩字同母

謂之双声兩字同均謂之疊均余按用今日各國文法通用之語表

之則兩字同一子音者謂之双声（如南史羊元保傳之官家恨狹

更廣八分官家更廣四字皆從K得声洛陽伽藍記之獰奴慢罵

獰奴二字皆從N得声慢罵二字皆從M得声是也）兩字同一母

光緒　年　月　日　三

音者謂之疊均（如梁武帝後牖有朽柳後牖有三字双声而兼疊均有朽柳三字其母音皆為 u 劉孝綽之梁皇長康強梁長強三字其母音皆為 iaü 也）自李淑詩苑偽造沈約之說以双声疊均為詩中八病之二後世詩家多廢而不講亦不復用之于詞余謂苟于詞之蕩漾處多用疊均促節處用双声則其鏗鏘可誦必有過于前人者惜世之專講音律者尚未悟此也

昔人但知双声之不拘四聲不知疊均亦不拘平上去三声凡字之同母音者雖平仄有殊皆疊均也

詩至唐中葉以後殆為羔雁之具矣故五代北宋之詩無頗佳者而詞則為其極盛時代即詩詞兼擅如永叔少游者亦詞

勝于詩遠甚以其寫ミ於詩者不若寫之於詞者ミ真也至南宋以後詞亦爲羔雁之具而詞亦替矣此亦文學升降之一關鍵也

馮正中詞除鵲踏枝菩薩蠻十數闋最煊赫外如醉花間之高樹鵲銜巢斜月明寒草余謂韋蘇州之流螢度高閣孟襄陽之疏雨滴梧桐不能過也

~~馮~~歐九浣溪沙詞綠楊樓外出秋千晁補之謂只一出字便後人所不能道余謂此本于正中上行杯詞柳外秋千出畫牆但歐語尤工耳

美成青玉案詞葉上初陽乾宿雨水面清圓一一風荷舉此真能得荷之神理者覺白石念奴嬌惜紅衣二詞猶有隔霧看花之恨

光緒　年　月　日　四

曾純甫中秋應制作壺中天慢詞自注云是夜西興亦聞天樂謂宮中樂聲聞于隔岸也毛子晉謂天神亦不以人廢言近時馮夢華復辨其誣不解天樂二字文義殊笑人也

古今詞人格調之高無如白石惜不於意境上用力故覺無言外之味絃外之響終落第二手其志清峻則有之其旨遠深則未也

梅溪夢窗中仙玉田草窗西麓諸家詞雖不同然同失之膚淺雖時代使然亦其才分有限也近人棄周鼎而寶康瓠實難索解

余塡詞不喜作長調尤不喜用人韻偶尔游戲作水龍吟詠楊花用質夫東坡倡和均作齊天樂詠蟋蟀用白石均皆有与晉代興

覊〻意態余之所長則(殊)不在是世之君子寧以他詞稱(許)我

余友沈昕伯紘自巴黎寄余蝶戀花一闋云簾外東風隨燕到春色東來循我來時道一霎圍場生綠草歸遲卻怨春來早錦繡一城春水繞庭院笙歌行樂多年少著意來開孤客抱不知名字閒花鳥此詞當在晏氏父子間南宋人不能道也

樊抗夫謂余詞如浣溪沙之天末同雲蝶戀花之昨夜夢中百尺朱樓春到臨春等闋鑿空而道開詞家未有之境余自謂才不若古人但於力爭第一義處古人亦不如我用意耳

東坡楊花詞和均而似原唱質夫詞原唱而似和均才之不可強也如是

十二

叔本華曰抒情詩少年之作也敘事詩及戲曲壯年之作也
余謂抒情詩國民幼稚時代之作敘事詩國民盛壯時代之作也故
曲則古不如今（元人曲誠多天籟然其思想之陋劣布置之粗笨
千篇一律令人噴飯至本朝之桃花扇長生殿諸傳奇則進矣）
詞則今不如古蓋一則以布局為主一則須佇興而成故也

北宋名家以方回為最次讀其詞如歷下新城之詩非不華贍
惜少真味至宋末諸家僅可譬之腐爛製藝乃諸家之享
重名者且數百年始知世之幸人不獨曹蜍李志也

十五

駢文難學而易工散文易學而難工近体詩易學而難工古体詩
難學而易工小令易學而難工長調難學而易工

詞以境界為最上有境界則自成高格自有名句不期工而自工五代北宋之詞所以
獨绝者在此

（三）有造境有寫境此理想与寫实二派之所由分然二者頗難區別
因大詩人所造之境必合乎自然所寫之境必鄰于理想故也

（四）有有我之境有無我之境淚眼問花花不語亂红飛過秋千去可
堪孤館閉春寒杜鵑聲裏斜陽暮有我之境也采菊東籬下悠
然見南山寒波澹澹起白鳥悠悠下無我之境也有我之境以我觀物故物皆
著我之色彩無我之境不知何者為我何者為物此即主觀詩与
客觀詩之所由分也古人為詞寫有我之境者為多然未始不能寫無我之境此在豪傑之士能自樹立耳

（五）古詩云誰能思不歌誰能飢不得食詩詞者物之不得其平而鳴者

光緒　年　月　日　六

也故歡愉之辭難工愁苦之言易巧

境非獨謂景物也感情亦人心中之一境界也故能寫真景物真感情

者謂之有境界否則謂之無境界

無我之境人惟於靜中得之有我之境於由動之靜時得之故一優美

一宏壯也

自然中之物互相關係互相限制故不能有完全之美然寫之于文

學中也必遺其關係限制之處故雖寫實家亦理

想家也又雖如何虛構之境其材料必求之于自然而其構造亦

必從自然之法則故雖理想家亦寫實家也

社會上之習慣殺許多之善人文學上之習慣殺許多之天才

六

詩之三百篇、十九首，詞之五代北宋，皆無題也。非無題也，詩詞中之意不能以題盡之也。自花庵、草堂每調立題，并古人無題之詞亦爲之作題，如觀一幅佳山水而即曰此某山某河，可乎。

詩詞之題目本爲自然及人生，自古人誤用爲美刺投贈題目，既誤，詩亦自不能佳。後人見古若大家亦有此等作，遂遺其獨到之處，而專學此種，不復知詩之本意。於是豪傑之士出，不得不變其體格，如楚辭、漢之五言詩、唐五代北宋之詞，皆是也。故此等文學皆無題。詩有題而詩亡，詞有題而詞亡。然中材之士，鮮能知此而自振拔者矣。

七

馮夢華宋六十一家詞選序謂：淮海、小山，真古之傷心人也。其淡語皆有味，淺語皆有致。余謂此惟淮海足以當之，小山矜貴有餘，但稍勝方回耳。古人以秦七、黃九或小晏、秦郎並稱，不圖老子乃與韓非同傳。

光緒　年　月　日　七　養正書塾劄記簿

人能于詩詞中不為美刺投贈懷古詠史之篇不使隸事之句不用裝飾之字則於此道已過半矣以長恨歌之壯采而所隸之事只小玉雙成四字才有餘也梅村歌行則非隸事不辦白吳優劣即于此見此不獨作詩為然填詞家亦不可不知也

十七

詞之為體要眇宜修能言詩之所不能言而不能盡言詩之所能言詩之境闊詞之言長

十

明月照積雪大江流日夜澄江淨如練山氣日夕佳落日照大旗中天懸明月大漠孤烟直黃河落日圓此等境界可謂千古壯語求之於詞則納蘭容若塞上之作如長相思之夜深千帳燈

如夢令之萬帳穹廬人醉星影搖搖欲墜差近之

二八

言氣質言格律言神韻不如言境界有境界本也氣質格律

神韻末也有境界而三者自隨之矣

八

紅杏枝頭春意鬧着一鬧字而境界全出雲破月來花弄影着

一弄字而境界全出矣

十

西風吹渭水落日滿長安美成以之入詞白仁甫以之入曲此借古人

之境界為我之境界者也然非自有境界古人亦不為我用

九

境界有大小然不以是而分高下寶簾閒挂小銀鈎細雨魚兒出微風

燕子斜何遽不若落日照大旗馬鳴風蕭蕭五更鼓角聲悲壯三峽星河影動搖寶簾閒挂小銀鈎

何遽不若霧失樓臺月迷津渡飛絮落花時候一登樓也

光緒　年　月　日

八

卅

昔人論詩詞有景語情語之別不知一切景語皆情語也
曾鞏不亦思室是遠而孔子譏之故知孔門而用詞則牛嶠之甘作
一生拚盡君今日歡必不在刪詩之數
詞家多以景寓情其專作情語而絕妙者如牛嶠之甘作一生拚
盡君今日歡顧夐之換我心為你心始知相憶深歐陽修之衣帶漸寬終不悔為伊消得人憔悴
美成之許多煩惱只為當時一晌留情
此等詞古今曾不多見余乙稿中頗於此方面有開拓之功
梅舜俞蘇幕遮詞落盡梨花春事了滿地斜陽翠色和烟老共
化劉氏謂少游一生似專學此種余謂馮正中玉樓春詞芳菲次第長相續
自是情多無處足尊前百計得春歸莫為傷春眉黛促永
叔一生似專學此種

六〇

人知和靖點絳脣、聖俞蘇幕遮、永叔少年遊三闋為詠春草絕調，不知先有馮正中「細雨濕流光」五字，皆能寫春草之魂者也。

詩中體製以五言古及五七言絕句為最尊，七古次之，五七律又次之，五言排律最下，蓋此體於寄興言情均不相適，殆與駢體文等耳。詞中小令如絕句，長調似律詩，若長調之沁園春等闋，則近于五排矣。

長調自以周柳蘇辛為最工。美成浪淘沙慢二詞，精壯頓挫，已開北曲之先聲。若屯田之八聲甘州、玉局之水調歌頭（中秋寄子由），則佇興之作，格高千古，不能以常調論也。

稼軒賀新郎詞送茂嘉十二弟，章法絕妙，且語語有境界，此能品而幾於神者。然非有意為之，故後人不能學也。

光緒　年　月　日　九

畫屏金鷓鴣飛卿語也其詞品似之弦上黃鶯語端己語也其詞品亦似之若正中詞品欲於其詞句中求之則和淚試嚴妝殆近之歟

暮雨瀟瀟郎不歸當是古詞未必即白傳所作故白詩云吳娘暮雨瀟瀟曲自別蘇州更不聞也

稼軒賀新郎詞柳暗淩波路送春歸猛風暴雨一番新綠又定風波詞從此酒酣明月夜耳熱綠熱二字皆作上去用與韓玉東浦詞賀新郎以玉曲叶注女卜算子以夜謝叶食月已開北曲四聲通押之祖

稼軒中秋飲酒達旦用天問體作送月詞調寄木蘭花慢云可憐今夕月向何處去悠悠是別有人間那邊才見光景東頭詞人想像直悟月輪繞地之理與科學家密合可謂神悟此詞汲古閣刻六十家詞失載黃蕘圃所藏元大德本亦闕後屬顧澗薲就汲古閣抄本中補之今歸聊城楊氏海源閣王半塘四印齋所刻者是也但汲古抄本與刻本亦存異或子晉于刻詞後得抄本乎

譚復堂《篋中詞選》謂蔣鹿潭《水雲樓詞》與成容若、項蓮生，二百年間，分鼎三足。然《憶雲詞》亦精實有餘，超逸不足，皆不足與容若比。《水雲樓詞》小令頗有境界，長調惟存氣格。然視皋文、止庵輩，則倜乎遠矣。

昭明太子稱陶淵明詩跌宕昭彰，獨超衆類，抑揚爽朗，莫之與京。王無功稱薛收賦韻趣高奇，詞義晦遠，嵯峨蕭瑟，真不可言。詞中惜少此二種氣象，前者唯東坡，後者唯白石略得一二耳。

詞之雅鄭，在神不在貌。永叔、少游雖作艷語，終有品格。方之美成，便有淑女與倡伎之別。

賀黃公裳《皺水軒詞筌》云：張玉田《樂府指迷》其調叶宮商，鋪張藻繪，抑亦可矣，至於風流蘊藉之事，真屬茫茫，如啖官廚飯者，不知牲牢之……

外別有世，鮮也。

周保緒濟《詞辨》云：「玉田近人所最尊奉，才情詣力亦不後諸人，終覺積穀作米，把纜放船，無開闊手段。」又云：「叔夏所以不及前人處，只在字句上著工夫，不肯換意。」近人喜學玉田，亦為修飾字句易，換意難。

詞家時代之說，盛於國初。竹垞謂：「詞至北宋而大，至南宋而深。」後此詞人，群奉其說。然其中亦非無具眼者。周保緒曰：「南宋則下不犯北宋拙率之病，高不到北宋渾涵之詣。」又曰：「北宋詞多就景敘情，故珠圓玉潤，四照玲瓏。至稼軒、白石，一變而為即事敘景，使深者反淺，曲者反直。」潘四農德輿曰：「詞濫觴於唐，暢於五代，而意格之閎深曲摯，則莫盛於北宋。詞之有北宋，猶詩之有盛唐。至南宋則稍衰矣。」劉融

齋雜著曰北宋詞用密亦疏用隱亦亮用沈亦快用細亦闊用精亦渾

南宋只是掉轉過來可知此事自有公論雖止庵詞頗淺薄潘劉尤甚然其推尊北宋則與明季雲間諸公同一卓識也

唐五代北宋詞可謂生香真色若雲間諸公則綵花耳

湘真且然況其次者乎

衍波詞之佳者頗似賀方回雖不及容若要在錫鬯其年之上

近人詞如復堂詞之深婉彊邨詞之隱秀皆在吾家半塘翁上

彊邨學夢窗而情味較夢窗反勝蓋有臨川廬陵之高華而濟以白石之疏越者學人之詞斯為極則然

古人自然神妙處尚未見及

宋尚木蝶戀花新樣羅衣渾棄却猶尋舊日春衫著

譚復堂蝶戀花連理枝頭儂與汝千花百草從渠許可謂寄興深

十一

澈

半唐丁稿和馮正中鵲踏枝十闋乃鶩翁詞之最精者望遠愁多休縱目等闋鬱伊惝怳令人不能為懷定稿只存六闋殊為未允也

固哉皋文之為詞也飛卿菩薩蠻永叔蝶戀花子瞻卜算子皆興到之作有何命意皆被皋文深文羅織

阮亭花草蒙拾謂坡公命宮磨蝎生前為王珪舒亶輩所苦身後又硬受此差排由今觀之受差排者獨一坡公已耶

周介存謂梅溪詞中喜用偷字足以定其品格劉融齋謂周旨蕩而史意貪此二語令人解頤

賀黃公謂姜論史詞不稱其軟語商量而稱其柳昏花暝固知

不如免項羽學兵法之恨。然可境界自以[illegible]為勝。吾從白石不從黃[illegible]

矣。

詠物之詞，自以東坡《楊花》為最工，邦卿《雙燕》次之。白石《暗香》、《疏影》，格調雖高，然無一語道著，視古人「江邊一樹垂垂發」等句何如耶？

白石寫景之作，如「二十四橋仍在，波心蕩、冷月無聲」，「數峰清苦，商略黃昏雨」，「高樹晚蟬，說西風消息」，雖格韻高絕，然如霧裏看花，終隔一層。梅溪、夢窗諸家寫景之病，皆在一「隔」字。北宋風流，渡江遂絕。抑真有風會存乎其間耶？

問真與隔之別，曰：淵明之詩真，韋、柳則稍隔矣。東坡之詩真，山谷則

以一人之詞論如白石詠蟋蟀露濕銅鋪苔侵石井都是曾聽伊處便不隔

稍隔矣池塘生春草空梁落燕泥等句其妙處唯在不隔詞亦如
是即以一人一詞論如歐陽公少年遊詠春草上半闋云闌干十二獨
凭春晴碧遠連雲二月三月千里萬里行色苦愁人語語都在目
前觀便是不隔至云謝家池上江淹浦畔則隔矣白石翠樓吟此
地宜有詞仙擁素雲黃鶴與君遊戲玉梯凝望久嘆芳草萋萋千
里便是不隔至酒祓清愁花消英氣則隔矣然南宋詞雖不隔
處比之前人自有深淺厚薄之別

少游詞境最為淒婉至可堪孤館閉春寒杜鵑聲裏斜陽暮
則變而淒厲矣東坡賞其後二語猶為皮相

嚴滄浪詩話曰盛唐諸公唯在興趣羚羊掛角無跡可求故其妙處

透徹玲瓏不可湊泊如空中之音相中之色水中之影鏡中之象言有盡而意無窮余謂北宋以前之詞亦復如是但滄浪所謂興趣阮亭所謂神韻猶不過道其面目不如境界二字為探其本也

生年不滿百常懷千歲憂晝短苦夜長何不秉燭遊服食求神仙多為藥所誤不如飲美酒被服紈與素寫情如此方為不隔采菊東籬下悠然見南山山氣日夕佳飛鳥相與還此中有真意欲辨已忘言寫景如此方為不隔

池塘春草謝家春萬古千秋五字新傳語閉門陳正字可憐無補費精神此遺山論詩絕句也夢窗玉田輩當不樂聞此語

白仁甫秋夜梧桐雨劇沉雄悲壯為元曲冠冕然所作天籟詞

光緒　年　月　日

十三　養正書塾劄記簿

乾隆枯瘠實但得稼軒之貌而神理遠遜
國初步武稼軒僅得形似其境中日玉田余謂其淺[illegible]耳
曲家不能爲詞猶詞家不能爲詩讀永叔少游詩可悟
朱子清邃閣論詩謂古人有句今人詩更無句只是一直說將去這般詩一日作百首也得余謂北宋之詞有句南宋以後便無句如玉田草窗之詞所謂一日作百首也得者也
朱子謂梅聖俞詩不是平淡乃是枯槁余謂草窗玉田之詞亦然
自憐詩酒瘦難應接許多春色能幾番遊看花又是明年此等語亦算警句耶乃值如許費力
明初劉誠意詞風骨甚高亦有境界遠在宋末諸家之上季迪孟載諸人所敢望也

和凝長命女詞：天欲曉，宮漏穿花聲繚繞，窗裏星光少。冷霞寒侵帳，殘月光沈樹杪。夢斷錦幃空悄悄，強起愁眉小。此詞前半不減夏英公喜遷鶯也。此詞見樂府雅詞，歷代詩餘選之。

宋李希聲詩話曰：唐人作詩，正以風調高古為主，雖意遠語疏，皆為佳作。後人有切近的當、氣格凡下者，終使人可憎。余謂北宗詞亦不妨疏遠。若梅溪以降，所謂切近的當、氣格凡下者也。

宋人詞話謂趙德麟商調蝶戀花十二首詠會真記事，為北曲之祖。今觀其詞，樂府雅詞所載秦少游、晁補之、鄭彥能調笑轉踏，有數語未有放隊，每調之前有口號詩，甚似曲本體例。無名氏九張機亦然。至董穎薄媚大曲詠西子事，凡十疊曲，則竟是套曲。

光緒　年　月　日　十四

其式先見致語，次口號，次句合曲，次句小兒隊

次隊名，詩二，次問小兒，次小兒致語，次句雜劇

然元人以曲代之，楔子科白上下場詩，猶是致語中句隊放隊之遺也

自竹垞痛貶草堂詩餘而推絕妙好詞，後人群附和之，不知草堂

又案：黃昇花庵詞選李白清平樂下注云：翰林應制。又云：案唐呂鵬遏雲集載應制詞四首，以後二首無清逸氣韻，疑非太白所作。今尊前集所載太白清平樂有五首，並通尊前集一名遏雲集，而四首五首之不同

有贊揮之作，無佳詞，恆得十之六七；能好好詞，則除耆卿劉諸
家外，十之八九皆無聊之詞。
尊前集二卷，明顧梧芳刻，自為之序，并云嘉禾顧梧芳編次。毛
子晉刻詞苑英華，疑為梧芳所輯。朱竹垞跋謂吳下得吳寬手鈔本，取
顧本勘之，靡有不同，因定為宋初人編輯。提要兩存其說。案古今
詞話云：趙崇祚花間集載溫飛卿菩薩蠻甚多，合之呂鵬尊前
集不下二十闋。今顧刻所載飛卿菩薩蠻五首，皆花間所有，知顧刻非
自滿，非復呂鵬所編之書，錄解題所謂尊前、花間者
矣。提要又云：陳振孫書錄解題歌詞類以花間集為首，注曰：近世倚聲
填詞之祖，而無尊前集之名，不應既見是書而陳振孫不見。然書錄解

光緒　年　月　日　十五

乃毛晉所見之本
昭異歟又歐陽炯
花間集序謂明
皇朝有李太白
應制清平樂四
首宋末一首乃楊
芳所纂入非呂鵬
之舊歟

袁刻廣詞云
林外字豈塵有
洞仙歌書于垂虹
亭畔作道裝不
告姓名飲醉而
去人疑為呂洞賓
詩入宮中本家

題陽春錄條下引高郵崔公度跋曰尊前花間往往謬其姓氏則本[illegible]
然見此書者知十不過直齋主耳
提要載古今詞話六卷國朝沈雄纂雄字偶僧吳江人是編所述上起于
唐下迄康熙中年然維見明嘉靖前白口本箋注草堂詩
餘目林外洞仙歌下引古今詞話云此詞乃近時林外題于吳江垂
虹亭林外何時人非不可考然古今詞話明時固有此書柳塘詞話
此書而後以國朝日事歟非[illegible]明命仲茅
續詞話亦有古今詞話序[illegible]仲茅明萬曆年進士蓋知唐代
詩餘詞話所與箋注草堂詩餘所引決非沈雄之書矣
陸放翁跋花間集謂唐季五代詩愈卑而倚聲者輒簡古可

笑曰：雲屋洞天
無鎖，鎖與老叶韻，
則鎖音掃，乃閩
音也。偵問之，果閩
人林外也。
齊東野語所載亦
畧同。

要能此不能彼，未可以理推也。提要載謂猶能舉七十斤者，舉百斤則蹶，舉五十斤則運掉自如。其言甚辨，然謂詞必易於詩，余未敢信。善乎陳臥子之言曰：宋人不知詩而強作詩，故終宋之世無詩。然其歡愉愁苦之致，動於中而不能抑者，類發於詩餘，故其所造獨工。五代之詞所以獨勝，亦由此也。

君王枉把平陳業，換得雷塘數畝田。政治家之言也。長陵亦是閒丘隴，異日誰知與仲多。詩人之言也。政治家之眼，域於一人一事；詩人之眼，則通古今而觀之。詞人觀物，須用詩人之眼，不可用政治家之眼。故感事懷古等作，當與壽詞同為詞家所禁也。

宋人小說多不足信。如雪舟脞語謂台州知府唐仲友眷官妓嚴蕊奴，晦庵

光緒　年　月　日

治之及晦庵移去提刑岳霖行部至台蕊乞自便岳問曰去將安
歸蕊賦卜算子詞云去住也如何住也云云案此詞係仲友親戚高
宣教作使蕊歌以侑觴者見朱子糾唐仲友奏牘則他書之 齊東野語
所紀 周密朱唐公案恐亦未可信也

唐五代之詞有句而無篇南宋名家之詞有篇而無句有篇有句唯李
後主降宋後之作及永叔子瞻少游美成稼軒數人而已

唐五代北宋之詞家倡優也南宋後之詞家鄙俗之夫也二者其失相
等然詞人之詞寧失之倡優不失之鄙俗之夫以鄙俗之夫
較之倡優更可厭故也

讀東坡稼軒詞須觀其雅量高致有伯夷柳下惠之風白石雖似蟬蛻塵

埃。然如韋柳之視陶公，非徒有上下牀之別。

夢窗玉田西麓草窗之詞，則詞中之鄉愿也。東坡稼軒，詞中之狂。白石，詞中之狷也。

蝶戀花獨倚危樓一闋「衣帶漸寬終不悔，為伊消得人憔悴」，此詞見六一詞，亦見樂章集。余謂屯田輕薄子，只能道「奶奶蘭心蕙性」耳。此等語固非歐公不能道也。

讀會真記者，惡張生之薄倖，而恕其奸非。讀水滸傳者，恕宋江之橫暴，而責其深險。此人人之所同也。故艷詞可作，唯萬不可作儇薄語。龔定庵詩云：「偶賦凌雲偶倦飛，偶然閒慕遂初衣。偶逢錦瑟佳人問，便說尋春為汝歸。」其人之涼薄無行，躍然紙墨間。余輩讀耆卿、伯可詞，亦有此感。視永叔、希文小詞何如耶？

詞人之忠實，不獨對人事宜然。即對一草一木，亦須有忠實之意，否則所謂遊詞也。

光緒　年　月　日

十七

詞人者不失其赤子之心者也

溫飛卿之詞句秀也韋端己之詞骨秀也李重光之詞神秀也
詞至李後主而眼界始大感慨遂深遂變伶工之詞而為士大夫之詞
周介存置諸溫韋之下可謂顛倒黑白矣自是人生長恨水長東
流水落花春去也天上人間金荃浣花能有此種氣象耶
生於深宮之中長於婦人之手是後主為人君所短處亦即為詞人
所長處故後主之詞天真之詞也他人人工之詞也
客觀之詩人不可不多閱世閱世愈深則材料愈豐富愈變化水滸
傳紅樓夢之作者是也主觀之詩人不必多閱世閱世愈淺則性情愈
真李後主是也
尼采謂一切文學余愛以血書者後主之詞真所謂以血書者也宋道君

皇帝燕山亭詞亦略似之。然道君不過自道身世之戚，後主則儼有釋迦基督擔荷人類罪惡之意，其大小固不同矣。

○楚詞之體非屈子之所創也。滄浪鳳兮之歌已與三百篇異（然至屈子而最工），五七律始于齊梁而盛于唐，詞源于唐而大盛于北宋，然最工之文學非徒善創，亦且善因。

○風雨如晦，雞鳴不已；山峻高以蔽日兮，下幽晦以多雨，霰雪紛其無垠兮，雲霏霏而承宇；樹樹皆秋色，山山盡落暉；可堪孤館閉春寒，杜鵑聲裏斜陽暮：氣象皆相似。

滄浪鳳兮二歌已開楚辭體格，然最工者推屈原宋玉，而後此王褒劉向之詞不與焉。五古之最工者實推阮嗣宗、左太沖、郭景純、陶淵明，而前此曹劉

光緒　年　月　日　十八　養正書塾劄記簿

後此陳子昂李太白不與焉詞之最工者實推後主正中永叔少游美成
而前此溫韋後此姜吳皆不與焉
讀花間尊前集令人回想徐陵玉臺新詠讀草堂詩餘令人回想韋穀才
調集讀朱竹垞詞綜張皋文董子遠詞選令人回想沈德潛三朝詩別裁集

明季國初諸老之論詞大似袁簡齋之論詩其失也纖小而輕薄竹垞以降
之論詞者大似沈歸愚其失也枯槁而庸陋

東坡之詞曠稼軒之詞豪無二人之胸襟而學其詞猶東施之效捧心也
東坡之曠在神白石之曠在貌白石如王衍口不言阿堵物而暗中為
營三窟之計此其所以可鄙也

永叔人間自是有情癡此恨不關風與月直須看盡洛城花始與東風容

易別於豪放之中有沈著之致所以尤高

詩人對自然人生須入乎其內又須出乎其外入乎其內故能寫之出乎其外故能觀之入乎其內故有生氣出乎其外故有高致美成能入而不出白石以降於此二事皆未夢見

我瞻四方蹙蹙靡所騁詩人之憂生也昨夜西風凋碧樹獨上高樓望盡天涯路似之終日馳車走不見所問津詩人之憂世也百草千花寒食路香車繫在誰家樹似之

紛吾既有此內美兮又重之以修能文學之事於此二者不可缺一然詞乃抒情之作故尤重內美無內美而但有修能則白石耳

詩人必有輕視外物之意故能以奴僕命風月又必有重視外物之

意故能與花鳥同憂樂

詩人視一切外物皆遊戲之材料也然其遊戲則以熱心為之故詼諧與嚴重二性質亦不可缺一也

五代北宋之大家非無淫詞然讀之者但覺其真摯動人非無鄙詞然但覺其精力彌滿可知淫詞與鄙詞之病非淫與鄙之病而游詞之為病也豈不爾思室是遠而子曰未之思也夫何遠之有惡其游也

納蘭容若以自然之眼觀物以自然之筆寫情此由初入中原未染漢人風氣故能真切如此同時朱陳王顧諸家便有文勝則史之弊

昔為倡家女，今為蕩子婦。蕩子行不歸，空床難獨守。何不策高足，先據要路津。無為久貧賤，轗軻長苦辛。可謂淫鄙之尤。然無視為淫詞、鄙詞者，以其真也。

四言敝而有楚辭，楚辭敝而有五言，五言敝而有七言，古詩敝而有律絕，律絕敝而有詞。蓋文體通行既久，染指遂多，自成習套。豪傑之士亦難於其中自出新意，故遁而作他體，以發表其思想感情。一切文體所以始盛終衰者，皆由於此。故謂文學後不如古，余不敢信。但就一體論，則此說固無以易也。

光緒　年　月　日

大家講堂 008

人間詞話 校注

作　　者 —— 王國維
注　　者 —— 徐調孚 周振甫
校　　訂 —— 王仲聞
發 行 人 —— 楊榮川
總 經 理 —— 楊士清
總 編 輯 —— 楊秀麗
叢書企劃 —— 蘇美嬌
特約編輯 —— 龍品涵
封面設計 —— 姚孝慈
出 版 者 —— 五南圖書出版股份有限公司
地　址 —— 台北市大安區 106 和平東路二段 339 號 4 樓
電　話 —— 02-27055066（代表號）
傳　眞 —— 02-27066100
劃撥帳號 —— 01068953
戶　名 —— 五南圖書出版股份有限公司
網　址 —— http://www.wunan.com.tw
電子郵件 —— wunan@wunan.com.tw
法律顧問 —— 林勝安律師事務所　林勝安律師
出版日期 —— 2020 年 8 月初版一刷
定　　價 —— 280 元

本書臺灣繁體版由四川一覽文化傳播廣告有限公司代理，經人民文學出版社授權出版。

國家圖書館出版品預行編目資料

人間詞話 校注 / 王國維著；徐調孚 · 周振甫注；王仲聞校訂 .
-- 初版 -- 臺北市：五南，2020.08
面；公分 . --（大家講堂）
ISBN 978-986-522-099-0（平裝）

1. 詞論

823.886　　109009014

大家講堂
系列

1C02 國學概論暨講演錄
章太炎／著

1C03 人間詞話 校注
王國維／著 徐調孚、周振甫／注 王仲聞／校訂

1C04 談美
朱光潛／著

1C05 人間詞話 講疏
王國維／著 許文雨／講疏

1C06 詩論
朱光潛／著

1C07 隋唐制度淵源略論稿
陳寅恪／著

1C08 唐代政治史述論稿
陳寅恪／著

1C09 中國古代哲學史
胡適／著

1C10 新唯識論
熊十力／著

本書簡介

王國維於一九一〇年完成本書，受到詞學家重視，是中國近代最知名的一部詞學批評著作。書中的理論核心是「境界」說，並作為基準，具體評論歷代詞人創作得失；又借用西方的美學觀念，對「境界」作「造境」與「寫境」、「有我之境」與「無我之境」等評說，體現了王國維的文學與美學思想。

本書所用底本由專家徐調孚、周振甫箋注，王國維次子王仲聞親自校訂，並附錄王國維先生《人間詞話》手稿，讀者可以對照手稿，欣賞國學大師的筆跡心得。

中國學者關於文學批評的著作，就我個人所讀過的來說，似以王靜庵先生的《人間詞話》為最精到。
——朱光潛〈詩的隱與顯——關於王靜庵的〈人間詞話〉的幾點意見〉（上海《人間世》一九三四年第一期）